괜찮다는 속삭임

수고했어, 오늘도

괜찮다는 속삭임

수고했어, 오늘도

김미진 지음

마음세상

추천사

나와 남, 이기와 이타는 긴장과 갈등 관계인 것 같지만 60년 넘도록 살아보니 이게 결국 한몸이라는 것을 느낀다. 작가는 "꼭 위로나 직접적인 도움이 아니더라도 가만히 옆에만 있어도 위안을 주는 경우도 있음을 경험했다. 상대의 존재만으로도 큰 위로를 받고 힘을 얻을 수 있다. 그런 존재가 되고 싶다."고 한다. 참 조숙하다. 이 책을 만나는 분들은 그런 경험을 빨리 하시게 될 것 같다. 여간한 복이 아니다.

__ 송형호 작가, 전직 중등교사, 교사 학부모 컨설턴트

누구나 하루하루 살아간다.
흔히 우리는 생각할 틈도 없이 바삐 산다.
미진 샘은 바쁜 삶에서 틈을 낸다.
걷다가, 운전하다가, 수업하다가 생각한다.
해와 바람, 사람들에서 삶과 죽음을 생각한다.
지네, 검은고양이, 저수지 나무를 살피며,
그들 모습에서 그들, 내 처지를 생각한다.
생각에서 멈추지 않고 글로 써 담는다.
편하게 읽을 수 있지만 깊고 넓은 글이다.

__이영근 초등참사랑 운영자, <영근 샘의 글쓰기 수업> 글쓴이, 둔대초 교사

설거지를 즐겨 하는 사람이 몇이나 있을까?

근데 어떤 날은 그릇 몇개 씻었을 뿐인데 마음까지 개운해지고 흐뭇한 느낌이 드는 때가 있다.

작가 김미진의 글은 그런 느낌을 되찾게 해준다.

그래서 어쩌다 양념 말라붙은 냄비를 상대하더라도 감정적으로 덤비지 않고 물에 잠시 불려놓는 여유도 지닐 수 있게 한다.

_김재권 연극배우(대구시립극단)

이미 우리가 스스로도 알고 있다고 믿는 것들.

하지만 일상속에서 늘 잊고 있는 것들.

누군가 이렇게 글로, 말로 한 번 더 전해주면,

'아!' 하며, 다시 한 번 되새기는 것들.

_전호성 극작가, 공연연출가

'수고했어, 오늘도'라는 노래를 내내 떠오르게 하는 책이다 어디로 가는지 생각할 겨를도 없이 앞만 보고 달려가는 사람들에게 '덕분입니다! 수고했어요! 괜찮습니다!'라고 말해주면서 잊어버리고 있던 자기 자신의 마음과 기분을 토닥토닥거리게 만든다. 내가 이전보다 더 소중한 존재로 느껴지게 만든다고 표현하면 맞을까?

_이선 중등교사, 〈변화의 시작 이기적으로 나를 만나는 시간〉외 다수 집필

김미진 작가는 자신이 꿈꾸는 삶을 향해 사색하고 행동하며 나아간다. 주변 사람들과 함께 삶의 의미를 발견하고 싶어하며 열정이 있으나 상처받기 쉬운 여린 내면의 소리에 귀기울인다. 〈괜찮다는 속삭임 수고했어, 오늘도〉는 지금 여기서 행복하기 위한 이야기를 담고 있다.

_박호숙 특수학교 교사,《장애의 또 다른 이름, 조금 다른 행복》저자

'나에게 고마워 편지' 를 100일 가까이 쓰고 있다. 나는 나에게 고마운 사람임을, 그 누구보다 내가 먼저 나에게 관심을 가지고 아껴줘야 한다는 사실을 깨닫고 나서부터 나에게 편지를 쓰기 시작했다. 나 자신과 노는 재미에 한창 빠져 지내는 요즘, 반가운 책을 만났다. '덕분에 챌린지' 에 이어 '괜찮다 챌린지' 를 나와 너에게 속삭여주자는 김미진 작가의 말이 참 반갑다. 그렇다. 말의 힘은 강력하다. '괜찮다, 괜찮다, 다 괜찮다.' 고 다독여주는 이 책을 읽고 있자니 마음이 평온해 진다. 하루에도 몇 번씩 감정의 롤러코스터를 타게 되는 우리. 많은 분들이 자신에게 이 책을 선물하면 좋겠다. 행복을 선택하면 좋겠다.

_최선경 고래학교 교장, 〈긍정의 힘으로 교직을 디자인하라〉, 〈가슴에 품은 여행〉,〈행복한 교사가 행복한 교실을 만든다-중등 학급 경영〉 저자

'케렌시아(Querencia)' 라는 말이 있습니다. 스페인어로 피난처, 안식처를 의미합니다. 투우경기장에서 투우사와 결전을 앞둔 소가 잠시 쉬는 곳을 뜻했다고 하지요. 투우장의 소는 매우 흥분돼 있습니다. 붉은 천을 향해 돌진하는 소는 내달리며 투우사와 결투를 벌이고 내리꽂은 창에 피를 흘리고 탈진

합니다. 그 사이 공포감도 느끼겠지요. 그러는 동안 소는 위협을 피할 수 있는 특정 장소를 기억해두고 그곳을 케렌시아로 삼는다고 합니다. 그곳에서 잠시 숨을 고르며 마지막을 내달리지요. 소가 잠시 숨을 고를 수 있는 피난처가 곧 케렌시아입니다.

어원을 듣고보니 슬프고 안타깝지만 바쁜 일상에 지친 현대인들이 나만의 휴식처를 찾는 현상으로 최근 불리고 있습니다. 투우장의 소에게 케렌시아가 마지막 일전을 앞두고 잠시 숨을 고르는 곳이라면, 일상에 지친 현대인에게는 자신만이 아는 휴식 공간이 케렌시아가 되는 셈이지요. 케렌시아. 나만의 휴식처를 만든다는 것. 어찌보면 정말 중요한 일인 것 같습니다. 케렌시아를 가지고 계신가요?

유난히 편안한 장소가 있습니다. 그곳에서 안정을 취하며 지친 몸과 마음을 채우는 공간이요. 자주 찾는 단골 카페가 될 수도 있고, 책방이 될 수도 있습니다. 집 근처 공원이 될 수도 있고 내 방일 수도 있지요. 꼭 특정 장소가 아니어도 됩니다. 내가 좋아하는 음악이나 미술, 문학 작품에서도 케렌시아를 찾을 수 있습니다. 안정감을 찾을 수 있는 모든 것들이 바로 케렌시아가 되지요.

김미진 작가는 자신만의 케렌시아를 잘 찾는 사람입니다. 그것이 그동안의 다양한 에세이를 내게 한 큰 원동력이라 생각합니다. 우리는 일상을 열심히 살아가기에 쉽게 지칩니다. 그래서 나만의 케렌시아가 꼭 필요합니다. 아늑함을 주는 장소, 그 무엇이라도 이번 기회를 통해 찾아보시기 바랍니다.

<괜찮다는 속삭임 수고했어, 오늘도>는 어쩌면 누군가에게 케렌시아가 될 수도 있을 것 같습니다.

_김재우 국어교사, 재우쌤의 여행학교 운영자

프롤로그

말의 힘

‘덕분에’라는 단어는 상대방의 수고를 인정해주는 말이다. 누군가가 당신 덕분에 뭔가를 할 수 있었다고 이야기를 하면 어떤 기분이 드는가? 우선 기분이 좋아지고 마음이 훈훈해진다. 함께 살아가는 즐거움이 느껴지고 정신적 대가를 받은 느낌이 든다.

말에는 힘이 있다. 그래서 ‘당신 덕분에’, ‘여러분 덕분에’, ‘어떤 경험 덕분에’ 라는 용어를 많이 사용하기 시작했고, ‘덕분에’ 의 대상이 확장되기 시작했다. ‘덕분에’ 라는 용어를 사용했을 뿐인데, 마음속 깊은 곳에서 감사한 마음이 들었고, 소중하다는 생각이 들었다. 2020년의 캠페인처럼 번졌던 ‘덕분에 챌린지’ 로 인해 당연한 일로 생각했던 일을 고마운 일로 생각하고 표현하게 되었다. 자신을 희생하면서도 공익을 위해 애써주는 분이 무척 많다는 것을 알게 되었다. 감사함을 표현하면서 힘든 상황이지만 우리도 그분들처럼 타인을 배려하며 살아야겠다고 생각했다. 행복의 기운이 가득하게 되었다. 고등학교 2학년 학생들에게 '덕분에 챌린지'를 과제로 준 적이 있다. 예를 들어, 코로나19의 종식을 위해 애쓰는 의료진과 관계자, 부모님 등 감사한 사람에게 손동작과 짧은 글로 감사를 표현하게 하는 과제였다. 2학년 학생들 모두 진심으로 열심히 참여했고, 무척 감사하다는 소감을 밝혔다. 고마움은 표현하는 이나 받는 이 모두에게 행복을 주는 일이다. 표현의 중요성을 깨닫게 되었다.

'덕분에 챌린지'로 감사한 분에게 마음을 표현하게 되었다. 이제 '덕분에 챌린지'를 나에게 하면 어떨까? 가장 소중한 '나'에게 매일 수고했다고 토닥거리면 어떠냐는 생각을 해보았다.

'덕분에 챌린지'로 깨달은 것을 내 삶의 문제로 관심을 돌려보았다.

모임이나 각종 연수에서 삶의 목표나 앞으로 하고 싶은 일에 관해 물어보는 경우가 있다. 그럴 때마다 말이나 글로 표현해 본 나의 대답은 일치했다. 어린 시절 막연하게 꿈꾸었던 일인 내 이름으로 책을 낸 '작가'가 되고 싶다는 것이다. 말에는 힘이 있다. 글에도 힘이 있다.

사람은 자신이 말한 대로, 쓴 대로, 계획한 대로 생각하고 행동하게 된다. 사람은 생각하는 대로 행동하게 되고, 꿈꾸는 대로 생각과 몸이 움직여진다.

신기하게도 꿈꾸는 대로 2020년 첫 번째 에세이 <우연은 없다>, 2021년 <다시, 내 인생>이라는 책을 출간하게 되었다. 나의 삶에 눈을 돌리고 귀를 기울여 듣다 보니 자연스레 나라는 존재는 다른 사람과의 관계 속에서 의미를 찾아가고, 의미 있는 뭔가를 이루어가고 있었다. 내게로 향하던 관심만큼 주변 존재들에게도 관심이 갔다. 그들의 삶에 의미 있는 존재가 되고 싶었고 함께 뭔가를 만들어가고 싶었다.

나는 교사이다. 교사로서 수많은 학생과 동료, 학부모님, 교육 관계자들을 만난다. 내가 하는 일을 통해 만나는 수많은 이들과 함께 잘 살아가는 것, 그것이 행복이다. 미약하나마 교사라는 직업을 통해 만나는 이들, 확대해서 지쳐있는 수많은 사람에게 내가 할 수 있는 최선의 격려와 응원을 하고 싶다. 그들이 '나' 의 토닥임과 격려로 위로를 받고 힘을 얻으면 좋겠다.

더 나아가 내 글을 통해 독자가 자신을 따뜻하게 바라보고, 지친 마음을 포근하게 위로받게 하고 싶었다. '괜찮다.' 고 속삭여주고 싶다. '수고했어. 오늘도.' 라고 토닥여주고 싶다. 그들이 타인의 인정을 갈구하지 않고 자신을 믿고 소중하게 여겼으면 한다.

나도, 너도 소중한 존재이다.

'나는 그냥 나' 이다. 내 기분은 나의 것이니, 내 기분을 소중히 여기자. 나에게 의미 있는 것을 찾고, 강렬하게 나를 사랑하자.

나는 낭만적인 존재, '오늘 고생했어요. 수고했어요.' 라고 자신을 안아 주고, 내게 선물을 주자. 아낌없이 격려하자.

행복을 선택하자. 자신에게 자주 선물을 주고 행복을 자주 느끼자.

'덕분에 챌린지' 에 이어 '괜찮다 챌린지' 를 나에게, 너에게 속삭여주면 어떨까? 말의 힘은 강력하다. '괜찮다' 고 외쳐주자.

'괜찮다. 괜찮다. 괜찮다.'

2022년 3월 어느 날
마음 따뜻한 서재에서

제1장
타인의 인정에 목매지 마라

깊이 고민하기

나갈까 말까
문 앞에서 두려워서 주저하고 있다.
두려움의 정체는 모른다.
무작정 문 열면 뭔가가 나를 두렵게 할 것 같다.
긴장의 시간
고민의 시간

드디어 결심한다.
크게 숨을 들이쉰 후 힘껏 문을 민다.

문을 열고 나가니 나를 기다리고 있는 것은 하늘이다.
긴장은 풀리고 눈부신 하늘에 어쩔 줄 모른다.
감탄이 나온다.
신선이 사는 구름 같다.

저 구름 타고 날아갈 수 있을 것 같다.

구름이 갑자기 친근한 친구 같다.
구름 위에 있는 해는 나를 감싸주는 엄마 같다.

나무 사이 비치는 햇빛
저수지와 풀, 돌과 흙에도 해는 영향력을 발휘한다.
해는 참 공평한 것 같다.
모든 사물을 다 비춰준다.

플라톤은 세상을 이데아 세계와 현실 세계를 구분 짓고, 최고의 이데아인 선의 이데아로 태양을 말했다. 해와 같은 삶을 살 수 있을까? 가짜, 그림자, 모방의 삶이 아닌 진짜의 삶을 살아갈 수 있을까?

아무리 부끄러워 숨어있어도 해는 내게 다가온다.
나뭇잎 아래에도 해는 있다.
행복한 시간을 함께 나눈다.
해의 사랑을 받고 산은 자란다.
해의 사랑을 받고 풀은 자란다.
해의 사랑을 받고 바다는 자란다.
해의 사랑을 받고 꽃은 자란다.
해의 사랑을 받고 잎은 자란다.
해의 사랑을 받고 돌은 자란다.
해의 사랑을 받고 너와 나는 자란다. 무럭무럭 자란다.

편지지에 볼펜을 들고 무슨 말로 편지의 시작을 해야 할지 고민한다.
노트북을 열고 자판 위에 손을 얹고 무슨 글을 적을지 고민한다.

또는 나만의 마음 정원에서 어슬렁거리면서 어떤 일에 대해 생각을 한다. 정확히 말한다면 고민을 한다.

스케치북이나 도화지에 4B용 연필을 들고 무슨 그림을 그릴지 고민한다.

휴대전화를 들고 번호를 누른 후 통화버튼 근처에서 집게손가락을 들고 고민한다. 통화를 시작할지 말지, 통화한다면 무슨 말을 해야 할지를 말이다.

어떤 사람이 내게 상처를 주거나 비아냥거리는 말을 했을 때, 맞받아칠지 참을지를 고민한다.

어떤 일이 두렵다면 그 일을 계속 진행해야 할지, 그만두어야 할지 고민한다. 계속 이어가기로 선택했다면 구체적으로 어떤 방식으로 그 일을 헤쳐나갈 수 있을지 고민한다.

도움을 줄 일이 생겼다면 도움을 줘야 할지 모른 척할지, 도움을 준다면 어떤 방식으로 해야 상대방이 상처받거나 다치지 않게 세련된 도움을 줄 수 있을지 고민한다.

나와 너, 모두를 위한 삶, 태양과 같은 삶에 대해 깊이 고민한다.

나는 소망한다

몇 년 전 담임으로 나와 인연을 맺었던 여학생이 스승의 날을 축하한다며 연락이 왔다. 중학교에 근무할 때 2년 연속 담임으로 만난 이 아이는 당시 교우관계로 힘들어했고 자존감이 낮아질 대로 낮아져 있었다. 담임으로 그 아이를 바라보는 것이 마음이 아팠다. 그 아이와 함께 친구관계 회복을 위해 많은 시도를 했었다. 뭔가 여러 가지가 맞물려 있고 엉켜 있어서 풀려고 해도 잘 안되었다. 하지만 시간이 지나면서 자신감을 찾아가고 있었다.

전근을 온 고등학교 생활에 적응하기 위해 정신없었을 때도 문득 생각나던 그 아이. 여러가지 일로 힘들어하던 그 아이가 굳건히 내면을 다지고 단단해져서 아름다운 어른이 되기를 기원해본다.

누구나 소중한 존재이고 빛나는 별인데, 자신의 가치를 낮게 보는 사람들을 보면 마음이 아프다. 제자로 만나게 되면 마음 한구석이 쿵 하고 내려앉는 듯 충격이 전해진다. 아름다운 꽃 같은 존재들인데, 다른 사람이 자신을 별로 좋아하지 않을 거라고 단정을 짓고 소극적으로 내면을 감추며 살아가는 모습을 곁에서 지켜보기란 고통스럽다.

스승의 날이라고 잊지 않고 제자들이 연락을 준다. 어떤 제자들은 문자메시지나 카카오톡 같은 SNS로 고맙다며 찾아뵙겠다고 한다. 대부분 일 년 후까지 연락이 오다가 차츰 소식이 끊긴다. 가끔 몇 년 더 연락하거나 찾아오는 친구들도 있다.

담임 선생님을 비롯해 모든 교과 선생님들을 좋아하고 따르는 편인 나도 졸업 후 선생님께 다시 연락하거나 찾아간 적은 한두 번 정도이다. 교사가 되어 보니 제자들이 찾아오는 것도 물론 좋지만, 각자가 자신의 자리에서 잘 살아간다면 그것 또한 무척 기쁜 일이다. 내가 만난 아이들이 스스로 빛나는 가치를 깨닫고 꽃처럼 환하게 미소 지으며 살아가길 기원해본다.

나는 소망한다.

나를 비롯한 모든 사람이 자기 자신을 살아있게 해주고 본인이게끔 해주는 어떤 것을 찾아, 힘찬 생명력을 뽐내며 살아가길 진정 소망한다.

나는 소망한다.

그들이 좋아하는 일, 자기 인생을 걸 만한 가치가 있는 일을 하게 되길 소망한다. 돈과 가치 있는 일이 조화롭게 접점을 찾게 되길 소망한다.

나는 소망한다.

그들의 기분과 감정이 그들을 더 나은 곳으로 데려다주기를 소망한다. 그들이 사랑받고 사랑하고, 감동하고 감동을 주는 선물을 경험하게 되길 소망한다.

나는 소망한다.

그들이 의미 있는 일을 하게 되길 소망한다. 살아있다는 것에 감사하고 희망이라는 단어를 가슴에 품기를 소망한다.

나는 소망한다.

좌절하는 일이 생겨도 스스로 소망한다고 계속 외치며, 절망하거나 포기하지 말고 꾸준히 밀고 가는 용기를 갖게 되기를 소망한다.

나는 소망한다.

본인이 하는 일에 의심이 간다면 과감하게 접고 그만둘 수 있는 용기를 갖기를 소망한다. 많이 진행된 일이라도 이 길이 아니라는 생각이 든다면 눈 딱 감고 정리할 수 있게 되길 소망한다.

사람은 결정된 존재가 아니라 끊임없이 성장해가고 형성해가는 존재이다.

나는 소망한다.

내 주변에 존재하는 이들이 열심히 살아가다가 문득 나라는 존재가 떠오르고 그리워하기를 소망한다.

요란스럽고 눈에 띄는 추억을 되새기지는 않더라도, 문득 나를 생각하며 미소 짓는 누군가가 있기를 소망한다.

성장의 한순간을 함께 했던 내가 그들의 삶 속에서 문득 떠오르기를 소망한다.

마음 바꿔먹기

진학 진로 관련 연수가 우리 학교 근처에서 이루어지고 있어서 전 교직원이 참석하게 되었다. 선생님들은 7교시 수업 후 연수에 참석해야 했다. 잠시 후 또 다른 화상 연수가 계획되어 있는데, 지금 듣고 있는 대면 연수는 계획된 예정 시간을 지나 계속되고 있었다. 조바심이 났다.

연수가 끝나고 학교 주차장으로 급하게 돌아와 시동을 켜는데, 휴대전화의 전원이 꺼졌다. 급하게 차 안의 충전선을 연결했으나 고장인지 충전이 전혀 되지 않았다. 출석체크만이라도 하려고 휴대전화 전원을 켰으나 곧 꺼졌다. 네 번 정도 접속을 시도해보고는 곧 핸드폰으로 뭔가 하겠다는 생각을 버렸다. 그제야 마음이 편안해졌다. 운전에 집중할 수 있었다.

'가는 날이 장날.'

조금이라도 집에 빨리 도착하려고 제일 빠를 것 같은 차선으로 차를 들이 밀었는데 뭔가 분위기가 이상하다. 초록 신호 첫 번째는 차들이 많아 막혀서 그럴 거로 생각하고 느긋하게 기다렸다. 초록 신호 두 번째인데도 차가 움직이지 않는다. 꿈쩍도 하지 않는다. 뭔가 이상하다. 같은 직진 차선인데 내가 있는 차선을 제외하고 다른 세 차선은 잘 빠진다. 목을 빼고 살펴보니, 빨리 옆 차선으로 가는 게 정답이다. 하지만 세차게 달리는 자동차 때문에 옆 차선으로 이동하지 못했다.

드디어 세 번째 신호대기 중인 상황이다. 다시 직진 신호가 나왔을 때 다행히 내가 있던 차선의 앞차들이 서서히 하나씩 빠져나가려고 오른쪽 깜빡이를 켠다. 그들은 차의 앞부분을 옆 차선으로 들이민다. 덕분에 내 차도 빠져나왔다.

집에 들어와 휴대전화를 급히 충전했다. 노트북을 켜고 연수를 들을 준비를 했다. 집에 있는 충전 선은 고속이다. 1분 만에 몇 퍼센트가 충전되었다.

드디어 연수 듣기를 시작한다. 그러나 또 다른 난관에 부딪혔다. 아이들이 투덜거리며 요구사항을 말한다. 배고프다고 하기에 컵라면을 먹으라고 외쳤다. 그중 아들은 식탁에서 먹지 않고 내 주변에서 라면을 소리 내며 먹었다. 엄마를 잠시라도 보고 싶었던 것일까? 나도 배고픈데 오늘은 라면을 먹는 아들이 얄밉다. 화상 연수 중이라서 엄마 주변에 있지 말고 식탁에 가서 먹으라고 소리쳤다.

딸은 그 와중에 본인의 휴대전화 액정이 깨진 얘기를 하며 그래도 화면이 보여 다행이라고 말한다. 처음엔 조금이라도 딸아이의 이야기를 들어주고 연수에 집중하려고 했는데, 얘기가 길어지길래 엄마는 연수 중이니 나중에 이야기하자고 했다. 오늘 연수는 돌아가며 발표하는 방식인데, 갑자기 분위기가 살짝 이상하다. 강사님이 내 이름을 부른 것 같다. 우선 내가 발표하는 순서를 미뤄 달라고 부탁했다.

두 아이들을 진정시키고 나서야 연수에 집중한다. 7시 반에 연수가 끝나고 또 다른 화상 모임에 갔다. 그 모임은 2월 낯선 사람들 앞에서 몇 분 정도 발표해야 할 때 초긴장 상태였고 압박감이 느껴졌으나 몇 달이 지나 자주 보게 되면서 편안해진 모임이다. 여러 번 보다 보니 마음도 편해지고 이야기도 편하게 하게 되었다.

하루하루 치열하게 사는 나, 앞으로 살아가며 많은 일을 겪을 나에게 짧은 응원의 글을 써보았다.

살면서 어렵고 힘든 일, 지치는 일, 번거롭고 귀찮은 일 등이 많이 생길 거야. 누구에게나 무거운 짐은 있게 마련이고 나를 집어삼킬 것 같은 고통을 만날 수도 있어. 그것도 나의 일부라고 할 수 있지.

내가 온전히 살아가야 할 삶의 일부란다.

현재의 삶을 내 삶의 일부로 받아들이렴. 흔들리는 나의 삶 그 자체를 바라보자고. 늦어서, 내세울 게 없어서, 성과가 없어서 흔들리는 나를 그냥 바라봐. 그것도 나인 것을. 작은 것에도 심하게 흔들리고 아파하는 것이 바로 나라는 존재임을 받아들이자고.

나 자신에게 말을 건네보자. 흔들려도 괜찮아. 흔들리는 마음을 자세히 바라봐. 나만 멈춘 것 같다고? 그럼 어때? 지금 나는 멈춰야 할 때였나 보지. 쉬어야 할 때인가 보지.

비에 젖었으면 수건으로 닦고 말리면 되지. 괜찮아.

눈물 나는 일이 있었다고? 울면 되지. 손수건을 줄게. 손수건이 없으면 화장지라도 줄 테니 울어. 울고 또 울어. 눈물이 안 날 때까지 울어. 괜찮아.

어둡다고? 어둠 속에서는 밝을 때 보이지 않던 것들이 보이기도 해. 어두워지면 가만히 있어 봐. 곰곰이 자신을 바라봐. 영원히 어두울까? 깊고 깊은 어둠이 안 지나갈 것 같지만 언젠가는 지나가고 태양이 비칠 거야. 몇 날 몇 일 내내 비가 오는 장마인 것 같다고? 며칠? 아니, 한 달만 지나 봐. 어느 순간 비가 그쳐 있음을 발견하게 될 거야. 그때 너는 미소를 지을 거지?

노력하는 모습

어느 프로그램에서 젊은 사장님이 철저한 노력 끝에 4단의 요리판을 만들어 낸 이야기를 봤다. 처음에는 그냥 열심히 노력해서 맛있는 요리를 만드는 사장님이라고만 생각했는데, 대단한 열정가이자 지혜로운 분이라는 생각이 들었다. 해산물이 주재료인 요리이므로 이 분의 사업에서는 신선한 재료와 세척이 생명이다. 철저하게 위생을 관리한다는 점이 인상적인 이 가게의 또 다른 강점은 설레는 기다림을 주는 곳이라는 점이다.

맨 위 1단은 가리비, 개조개, 바지락은 단단한 껍질 속의 살을 빼먹는 즐거움을 준다. 손님이 싱싱한 조개들의 살을 씹어먹는 식감이 화면으로 보는 내게도 그대로 전달된다. 쫄깃함이 치아를 거쳐 뇌에 전달되는 과정이 그림으로 상상된다.

2단에는 문어, 전복, 새우가 있는데 뚜껑이 안 닫힐 정도로 푸짐하게 들어

있다. 2단을 봤을 뿐인데 해산물의 종류가 거의 다 나온 것 같고 마음이 풍요로워진다. 문어의 쫄깃함과 전복의 쫄깃함은 종류가 다른 데, 그 맛이 상상되어 침샘이 폭발했다.

3단에는 닭, 달걀, 만두가 들었다. 해산물을 가득 먹어 뭔가 아쉬운 면이 있을 때 육지 동물인 닭이 나타나니 반갑다. 해산물과는 또 다른 느낌의 고기 식감을 화면을 보는 내내 상상했다. 마지막 4단에는 홍합, 소라가 들었다. 홍합, 소라를 먹고 난 후, 개운한 국물 속에 칼국수를 넣어 먹는다.

조화로운 4단의 요리는 예술품이라 칭해도 손색이 없다. 경이로움마저 느껴진다. 다양한 해산물 요리를 한 자리에서 맛본다는 것, 싱싱한 해산물을 위생적으로 관리한다는 것이 이 가게의 성공비법이구나 생각하며 봤다. 잠시 후 사장님의 또 다른 성공비법이 나왔는데, 놀라웠다.

사장님은 2개의 성공비법에 만족하지 않고 요즘 시대에 맞게 지역 홈쇼핑에 키트를 만들어 판매했다. 큰 마트에서 키트를 판매하고 있었다. 집에서는 번거로워 잘 먹을 수 없었던 해신탕과 같은 음식을 물만 넣고 끓이면 되는 간편한 키트로 만들어 집으로 보내준다. 세척도 깔끔하게 해서 집에서는 보내준 해산물과 채소를 넣고 바로 끓이면 된다. 모든 재료가 다 들어 있어서 식당에서 먹는 음식과 똑같이 먹을 수 있게 포장되어 있었다.

한 아기 엄마가 가족 행사가 있을 때 이 키트를 시키고 감탄하는 장면이 있었다. 해신탕과 같은 음식을 요리하는 식당에 아기를 데리고 가는 것은 힘들다. 뜨거운 음식 위주라 아기에게 위험한 상황이 연출될 수 있기 때문이다. 또한 아기 관련 물품을 챙겨야 할 게 많으니 해산물뿐 아니라 다른 식당에서도 밥 먹는 것이 힘들다. 아기 엄마는 아기가 클 때까지 못 먹는 음식이라고 생각했던 음식을 집에서 먹을 수 있게 되어서 대만족이라고 하였다.

사장님의 끊임없이 노력하고 고민하는 모습에 숙연함마저 느껴진다. 나는 하고 싶은 일을 힘들거나 잘 안 된다고 금방 포기한 적은 없었나? 진성 최선의 노력을 다했는가?

사장님의 모습을 보며 나를 돌아보았다. 나는 삶을 저렇게 숙연하고도 진지하게 대해왔는지 반성해보게 되었다. 내가 하는 일은 진짜 하고 싶은 일인지, 여러 각도에서 바라보았는지, 최선을 다했는지 스스로 끊임없이 물어야겠다는 각오를 다졌다.

'노력하는 모습' 을 떠올리면 올해 우리 반 학생들이 떠오른다.

학기 초, 학급 도장 판 60개를 다 채우면 아이스크림을 사주기로 했다. 학생들이 열정적으로 수업에 임하고 대답, 숙제, 반응 등이 좋아서 많은 선생님들께서 칭찬하며 도장을 찍어 주셨다.

드디어 60개를 다 채워 시원한 아이스크림을 사줬다.

코로나19로 교실에서 마스크를 모두 벗고 먹을 수는 없으니 집에 갈 때 각자 들고 가면서 먹으라고 녹아도 먹을 수 있는 팩에 든 아이스크림을 주었다.배달 온 아이스크림을 집에 바로 가지고 가라며 나눠 주었는데, 아이들은 받으면서 고맙다고 큰소리로 외쳤다.

몇십 분 후 SNS의 행렬이 이어졌다. 우리 반의 한 명, 한 명이 모두 잘 먹었다는 인사를 하고 심지어 어떤 아이는 다 먹은 아이스크림 봉지 인증사진을 보냈다. 어떤 애는 너무 사랑한다면서 졸업을 안 한다는 말까지 했다. 아이스크림을 학급에 사준 적은 많지만, 올해 아이들처럼 고맙다는 표현을 가득 들은 적은 없는 것 같다. 고맙다는 표현을 아낌없이 하는 우리 반 아이들 덕분에 많이 웃는다. 최선을 다해 노력하는 우리 반 학생들에게 감사하다. 좋은 인연에 감사하다.

내 길이 아니라면?

지인이 SNS 방에 공유한 글을 보고 아침 내내 생각을 했다.

진짜 영향력 있는 사람은 "시도하는 중이에요."라고 말하지 않고 "하고 있어요."라고 말한다. 시도라는 핑계로 '시도 중독'에 빠지지 말고 자신이 원하는 일이라면 적극적으로 성취하기 위해 행동하라는 내용이었다.

'시도 중독'이라는 단어를 보는 순간 마음 한구석이 쿵 내려앉았다. 마음 한구석에서 "네 이야기야."라고 외치는 소리가 들렸다. 찔렸다.

다른 사람이 뭔가를 하는 것이 좋아 보이고 부러워서 '나도 한번 해볼까.'란 생각을 자주 한다. '시도', 다른 말로 하면 '도전'하는 일 자체는 멋진 일이고 삶의 활기, 열정을 일깨운다. 하지만 자기의 성장, 발전을 위해 어렵고 힘들어도 계속 시도해야겠다는 마음의 울림이 오지 않는다면, 즉 본인의 것이 아닌 것 같다면 억지로 붙잡아두지 말고 안 하는 게 좋다. 죄책감을 느끼지 말고 과감하게 시도를 중단하는 게 나의 성장, 행복을 위해 좋다.

주변에서 모두 좋다고 강요한다고 해도 내 길이 아니다 싶은 것이 있다. 물론 도전은 즐기지만 내가 할 수 있는 걸 시도해야겠다. 행복을 위해 어떻게 살아야 하냐라는 질문에 깨달음을 준 지인의 공유 글이 고마웠다.

생각하게 하는 글 덕분에 나를 돌아보게 되니 여유와 행복이 느껴진다. 바쁜 나날들이 매일 펼쳐지는 데도 마음은 충만해지는 느낌이다.

저수지를 산책하다 근처 카페에 갔다.

카페 안에 전시된 글 중 제일 마음에 드는 글귀가 있었다.

"오늘의 할 일은 내일로 미루면 되고 내일의 할 일은 안 하면 되지!"

이마를 '탁' 치게 하는 시원한 글이었다.

그래, 안 하면 되는 것이다.

시도와 중단에 대해 생각하며 계속 산책했다. 산책길에서 만난 연한 잎을 보며 이야기를 나누고 하늘, 땅 이것저것 살피다가 지네를 발견했다.

어릴 때 한 번 지네를 본 적 있는데, 이번이 두 번째이다. 지네에게 물리면 많이 아플 듯하다. 다리가 많아서 징그럽다. 볼수록 강인해 보이는 외관과 짙은 흑록색을 띄고 있다. 몸은 길쭉하고 몸길이는 7㎝ 정도 되는 것 같다.

지네는 삼림의 낙엽이나 흙 속 썩은 나무의 아래에서 살며 소형의 거미나 곤충을 잡아먹는다는데, 이 아이는 산책로 위에 있다. 자세히 보니 끝부분이 잘린 듯하다. 몸의 일부분이 잘렸기에 이동을 하지 못 한다. 지금은 살아 있지만, 곧 수분을 잃고 말라 죽겠지.

보통 생명체가 뭔가 잘린 채 발견되면 안쓰럽고 도와주고 싶은데, 지네는 그런 마음이 들지 않는다. 빨리 자리를 뜨고 싶을 뿐이다. 한방에서는 한약재로 사용되고 있는, 인간에게 유용한 생물이라는 데도 말이다.

외모가 중요하긴 한가 보다. 외관상 징그럽게 생겨서 알아볼 생각도 들지 않고 마음을 차단해 버렸으니 말이다. 지네로서는 억울할까? 지네의 입장이 잠깐 되어 보았다.

겉으로 보이는 모습은 곤충을 위협하기에 충분하다. 하지만 그런 외관 때문에 나는 무척 외롭다. 사람들은 나를 한약재로 사용하며 이로움을 취하면서도, 외관 때문에 나라는 존재를 징그러워하고 싫어한다. 내가 위기에 처하면 그 누구 한 명도 나를 도와주지 않을 것 같다. 지금처럼.

나는 말라간다. 점점. 표피가 말랐고, 뜨거운 기운이 나의 세포 하나하나, 구석구석을 다 마르게 한다. 말라가는 것을 떠나 내 몸은 조금씩 쪼그라들고 있다. 이대로라면 죽음의 순간이 머지 않았다. 지나가는 사람들은 많다. 그들은 나를 흘깃 보고 지나쳐 갈 뿐이다. 축축한 흙 속으로 데려가 줄 이는 한 명도 만나지 못했다. 죽어가는 내 몸보다 외로움이 더 크게 느껴진다.

나의 외관을 바꿔 볼까? 노란색 밝은 꽃을 꽂고 다니면 사람들은 나를 좋아할까? 공벌레처럼 몸을 둥글게 말고 있으면 사람들은 나를 귀여워 할까? 내가 먹이로 삼던 곤충을 먹지 말고 풀만 뜯어 먹으면 곤충들은 나를 좋아할까? 과연 그럴까? 그렇게 변화하는 것이 내 길인 것일까? 그렇다면 나는 무엇일까? '지네'라고 계속 불릴 수 있을까? 그렇게 된다면 나는 만족하고 행복할까?

질문을 나에게 던지다 보니 답은 처음부터 결정되어 있었다. 그건 내가 아니라는 것, 변화된다면 나는 지네가 아닌 다른 무언가가 된다는 것이다.

본질이 변하는 것이다. 본질이 변하면 나는 행복이라는 것을 만끽하게 될까?

말라가는 내 몸을 보며 속상한 마음에 혼자 이렇게 생각해보고 저렇게 생각해봐도 내 길이 아니라는 생각만 든다. 죽어가는 이 순간조차도 말이다. 나의 모습, 나의 실체, 나의 본질을 있는 그대로 바라보고 사랑하라는 것이 신이 준 가르침 아닐까? 말라가지만 아직 난 살아있다. 이대로 죽을 순 없다.

힘들지만 온몸을 비틀어 축축한 흙 속으로 가야겠다. 1밀리미터라도 최선을 다해 이동해야겠다. 나의 강점인 수많은 다리를 움직여볼까? 포기하기엔 난 너무 많은 다리를 가졌다. 온종일이 걸리더라도 내 몸의 1%의 수분이 남아있는 한 최선을 다해 살아야겠다.

산책길에 땅을 살피다 발견한 지네가 되어 고통이 느껴졌다. 카페의 글귀 "난 충분히 미쳤어요. 그렇지 않아요?"처럼 충분히 미친 것인가?

시도해보다가 이 길이 아니다 싶어 중단할 때는 죄책감을 느끼지 말고 그냥 미친 상상을 해보길 바란다. 시도와 중단에 너무 초점을 두지 말고 책임감 느끼지 말고, 아무 생각, 미친 생각과 상상을 해라. 이상하게 힘이 난다. 다시 시도할 에너지가 생긴다.

내 길이라면?

고 1 시절 용돈으로 산 '데미안' 을 읽고 깜짝 놀랐다. 작가의 사람과 상황을 묘사하는 능력과 감성에 감동했다. 헤르만 헤세라는 작가를 사랑하지 않을 수 없었다. 그분의 이름이 나오면 가슴이 두근거리고 설렜다.

같은 반 친구 집에 놀러 갔다가 뭔가를 발견하고 마음이 두근거렸다. 그것은 무척 두꺼운 헤르만 헤세 전집이었다. 친구에게 두 권 빌려 가도 되는지 부탁했다. 친구는 "그거 삼촌 책인데, 아무도 안 보는 거니까 빌려 가도 돼. 근데 세로로 되어 있고 글자가 넘 작은데 괜찮아? "

"고마워. 난 글자가 많을수록 더 좋아. 며칠만 읽고 줄게."

약속한 며칠 동안 2권의 책을 읽으며 헤르만 헤세의 내면과 정신에 감동했고, 감탄을 금치 못했다.

작가는 시공간, 인물의 내면을 초월하는 존재임을 느꼈다. '작가' 라는 일이 위대하게 느껴졌다.

슬픈 감정도 생겼다.

헤르만 헤세의 책을 다 읽어간다는 사실이 애인과 헤어지는 순간처럼 고통스러웠다. 친구에게 다음 2권도 빌려달라고 부탁했다. 친구는 흔쾌히 삼촌 책은 많으니 매주 빌려주겠다고 했다. 착한 친구 덕분에 헤세, 셰익스피어, 한국 단편집을 비롯한 친구 삼촌의 책을 몽땅 다 읽을 수 있었다.

헤르만 헤세의 이름을 보거나 책을 보게 되면, 난 그 친구가 떠오른다. 그 친구 덕분에 헤르만 헤세를 알게 되고 내가 책을 얼마나 좋아하는지 확고하게 알게 되었다. 물론 어린 시절 동화책을 읽거나, 헌책방의 매력에 빠진 후 책과 나는 뗄 수 없는 사이가 되었지만, 헤르만 헤세라는 작가를 안 이후 새로운 세상을 향해 도약하는 듯했다. 좋은 책은 나를 행복과 기쁨으로 가득 차게 함을 가슴으로 느끼게 되었다. 좋아하는 책을 한 줄, 한 줄 음미하고 읽으며 이런 위대한 작가는 안 될지라도 소소한 즐거움을 주는 작가가 되고 싶다는 소망도 했다.

어느 순간 어린 시절 가졌던 소망이 떠올랐다. 그동안 가슴 한 쪽에 묻어 두고 있었던 '작가'라는 소망 말이다. 글 쓰는 것이 내 길이라면? 지금이라도 늦지 않았으니 시작해야 하지 않을까? 간절히 원하는 것에는 늦은 것이란 없는 게 아닐까? 내 길이라면 시도해야 행복한 인생이 아닐까? 내 길이라면 해야 하지 않을까? 내 길인데 이것저것 생각만 하며 따지다가 삶을 마치게 되면 속상한 일이 아닌가? 그렇게 내 인생을 마무리할 수는 없다.

이른 나이에 암 또는 불치병을 받고 세상을 떠난 사람들이 하는 말들에는 공통점이 있다. 책이나 텔레비전 프로그램에서 죽음을 앞둔 그들의 생활을 보여주는데, 현재 육체적으로 건강을 누리고 있는 내가 모르고 지나치는 부분, 반성할 점이 많았다.

그들은 하나같이 죽음을 앞두게 되니 화도 내고 고함도 치던 일상, 울고 웃으며 지냈던 나날이 바로 행복이었다고 말했다. 죽음을 앞두게 되니 살고 싶어서, 해보라는 온갖 치료를 다 받아보고 좋다는 음식 및 약을 먹으며 살기 위해 몸부림치게 된다고 하였다. 그들은 일상이 무척 소중한 행복이니 여기 지금, 살아있는 내가 할 수 있는 최선을 다해 살며 사랑을 표현해야 한다고 하였다.

일상이 특별하게 된 그들의 생활 모습을 보게 되니 매일 아침 일어나서 가족을 보고 대화를 하는 일상의 시간이 감사하게 느껴졌다. 함께한다는 것의 소중함도 알게 되며, 일상에서 매일 하던 일을 하면서도 투덜거림이 아닌 기쁨을 품게 되었다. 그들은 한번 늙어보고 싶은 것이 소망이라면서 부디 삶을 즐기며 두 손으로 꽉 붙들고 열심히 살라는 메시지를 주었다.

사랑하며 사는 것은 인간의 숙명인가 보다.

사람으로 태어난 이상 나를, 가족을, 주변을 사랑하며 살아야 하나 보다.

나라는 존재는 글을 쓰는 것이 나를 아끼고 사랑하는 일이니, 글을 쓰며 살아야 한다.

내 길이기 때문에 지금 그 길을 걷고 있다.

자신을 믿는다는 것

신기한 일이 있었다.

예전 나를 힘들게 한 어떤 사람을 몇 년 뒤 다시 만나게 되어 함께 근무하게 되었다. 신기한 점은 그 사람은 더 이상 내게 상처를 주는 사람이 아니라는 것이다.

예전에는 그 사람의 표정, 말, 행동 등 모든 것이 나의 관심사였고, 나를 향해 긍정적인 시선이 아닌 깎아내리려는 말에 상처를 받았다. 왜 그런지 계속 생각하게 되고, 그 사람과 함께 있는 시간이 빨리 흘러가길 소망했다. 시간이 흘러 다시 만나게 되었을 때, 상처받게 될까봐 걱정을 많이 했다. 서로 돕고 행복한 시간이 아닌 가슴에 생채기 나는 시간이 될까 봐.

여전히 그 사람은 다른 사람을 상처 주는 말을 하고 표정과 행동을 짓는데, 예전처럼 상처가 되지 않았고, 그런 말과 행동을 아무렇지 않게 여기고 있는 나를 발견했다. 무슨 일일까?

그분이 성숙한 태도로 갑자기 변한 것도 아닌데 말이다. 그분은 예전처럼 남의 실수나 단점을 찾아 물고 늘어지는 모습을 보였다. 그 모습을 바라보며 내가 상처받는 것이 아니라 오히려 그분이 안쓰럽다는 생각이 들었다. 자기가 상처받지 않기 위해 어린 시절부터 본인이 상처받기 전 다른 사람을 쏘아붙이며 살아온 것이 습관이 되어버린 것 같은 모습이 안타까워 보듬어주고 싶었다.

그 사람은 변하지 않았는데, 상처받지 않게 된 이유가 무엇일까? 곰곰이 생각해보니 내가 변한 것이다. 정확하게는 우리 사이에 있었던 일을 객관적으로 바라보는 눈이 변했고, 유연하게 상황을 받아들이는 마음이 변했다.

내가 내면을 계속 바라보고 나를 알아가면서 마음 근육을 튼튼하게 단련시키는 사이에 나는 자라있었다. 한두 달에 10cm 이상 키가 자라는 청소년처럼 마음이 부쩍 자라있었다.

타인의 인정에 목매지 마라.

타인의 길이 아닌 당신의 길을 가고 당신의 삶을 살아라.

지신을 믿는다는 건 나의 감정과 생각을 믿는 것이다.

자신을 믿는다는 건 주변에 흔들리지 말고 독자적인 가치관으로 살아가는 것이다.

자신을 믿는다는 건 자신을 아끼고 소중히 여기며 사랑하는 것이다.

자신을 믿는다는 건 세상의 진리가 상처 줄지라도 잠시 멈춰 숨 고르고 다시 헤쳐나간다는 것이다.

자신을 믿는다는 건 나의 삶을 거짓된 눈이 아닌 진실의 눈으로 바라본다는 것이다. 자신을 믿는다는 건 나를 바라보는 눈으로 타인도 따뜻하게 바라보는 것이다.

자신을 믿어라.

세상은 살만한 곳이다.

앞으로 내게 닥칠 일은 알 수 없다. 예상되는 결과가 나올 수도, 정반대의 결과가 나올 수도 있다. 미처 생각지 못했던 결론을 향해 나갈 때도 있다. 나랑 잘 맞지 않는 사람, 나를 싫어하거나 무시하는 사람, 나를 질투하는 사람 등을 만나 상처받을 때도 있다. 이해가 안 되는 상대방의 행위에 어떻게 반응해야 할지 막막할 때도 있다. 내가 할 수 있는 일은 지금 할 수 있는 최선을 다하는 수밖에 없다. 내가 할 수 있는 최선의 말과 행동으로 대처를 하면 된다.

누구에게나 주어진 시간은 같다. 내 생각대로 흘러가지 않는 일도 많겠지만, 내게 주어진 시간과 공간을 활용해서 나의 이성과 감성이 시키는 일을 열심히 하면 된다. 오늘 내가 보낸 하루가 '나' 라는 존재가 인생을 살아가는 법을 보여주는 것이다. 타인의 인정에 목매다 보면 내가 내 인생을 살아가는 것이 아니게 된다.

나를 믿고 출발점을 확인하자. 어떻게 해야 하는지 대처법을 알기 위해서는 나의 상황, 주변인의 상황 등 출발점을 정확히 파악하는 것부터 해야 한다. 명확한 상황을 파악하는 것이 필요하다. 하루하루 열심히 출발하다 보면 어느 날 나는 성장하고 있을 것이다. 나를 믿어라. 자신을 믿으면 된다.

출발하기 귀찮고 힘들고 지친다고? 그럴 때는 잠시 나를 off 하자. 아무것도 하지 말고 생각도 하지 말고 그냥 있자. 단 몇 분만이라도. 자기 자신에게 죄책감도 느끼지 말고 전원이 꺼진 휴대전화처럼 그냥 가만히 있자. 긍정도 부정도, 조바심도 게으름도, 그 어떤 것도 떠올리거나 허우적대지 말고 그냥 있자. 그냥 주변 소음마저 잊자. 내면의 작은 소리도 묻어 두자. 문을 닫고 지퍼를 닫자. 꽁꽁.

불안해하지 말고 잠시 뇌를 멈춰보자.

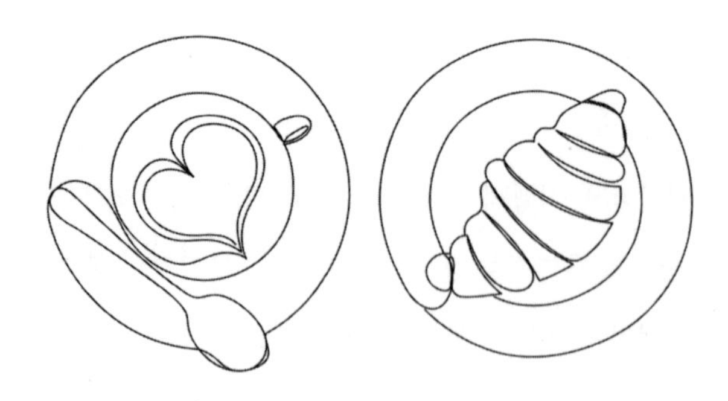

내 안의 나무

캠핑 온 듯한 느낌을 주는 카페.

루프탑에서 보는 논과 산이 속을 시원하게 해주었다.

멋진 곳에서 본 나무들 보니 내 안에 사는 나무들이 떠오른다.

다양한 이야기를 만들어내고 아름다움을 그려내는 나무들.

바라보는 경치 속 나무 이상으로

내 마음속에는 다양한 나무가 자라고 있고 뭔가를 만들어내고 있다.

일요일 오후 산책하다 버드나무를 만났다.

어릴 때 바닥까지 내려온 버드나무잎 안에 들어가 보고 싶었다.

버드나무만 보면 설레고 기분이 좋았다.

뭔가 내 비밀을 공유하는 친구 같은 느낌이 들었다.

여름철 시원하게 해주는 분수대.

가을, 겨울이라 분수를 운행하지 않고 분수대 안에 네다섯 분의 어르신들이 옹기종기 모여서 담소를 나누고 있었다.

오후라지만 무척 추웠다. 그런데도 그들은 열심히 이야기하고 있었다.

그들의 현재 이야기, 때로는 살아왔던 이야기가 무척 궁금했으나 가던 길 멈춰서서 계속 들을 수는 없는 상황이라 엿듣는 것을 포기했다. 걸어가며 한 번 더 귀를 쫑긋해본다.

아무리 천천히 걸어도 코너를 도는 순간은 다가왔다.

돌자마자 나를 반겨준 건 새빨간 단풍이었다.

나무에 붙어있는 잎도, 떨어져 있는 잎도 모두 강렬하게 빛나고 있었다.

나와 어르신들의 인생처럼 계속 빛나고 있었다.

떨어졌다고 빛나지 않는 건 아니었다.

더 찬란하게 반짝이고 있었다.

나는 나.

다들 그래. 자신을 믿으라고.

나의 감정과 생각을 믿어야지.

주변 시선에 흔들리지 말아야지.

나의 눈으로 세상을 바라보고

나를 소중히 아끼며 사랑해야지.

나는 나잖아.

다른 누군가가 될 수 없잖아.

나는 나잖아.

나답게 생각하고 나답게 살아가야지.

알고 있어. 모두가 마찬가지라는 걸.

다들 그래. 노력하고 있다는 걸.

나 자신을 향한 시선으로

나 아닌 다른 이도 바라봐야지

그래, 모두가 자신의 방식으로

다시 일어서고 숨 고르고 헤쳐나가잖아.

나는 나잖아.

다른 누군가가 될 수 없잖아.

다들 그렇잖아.

저마다 진정한 자기 자신으로 살아가고 있잖아.

나는 나니까. 나답게 생각하고 나답게 살아가야지.

다른 누군가가 될 수 없으니까. 나 자신으로 살아가야지.

제2장
사랑해 사랑해

내가 사랑하는 것들

내가 사랑하는 것을 떠올려보기만 해도 기분이 좋아지고 미소가 지어진다. 사랑하는 사람, 풍경, 모습, 물건, 활동, 취미, 구절, 행위, 동물, 곤충, 식물 등 대상은 무척 많았다. 그 대상 안에 들어가 보면 사랑의 대상이나 장면이 꼬리를 물고 계속 등장한다.

글 쓰는 행위를 할 때 글 쓰는 자체가 좋기도 하지만, 생각을 정리하는 것이 좋기도 하다. 또는 글 쓰는 환경이나 배경이 좋을 때도 있다. 창문을 열어 놓았는데, 그 틈으로 계절에 따른 바람이 들어오는 순간의 느낌, 온도가 좋기도 하다. 열어놓은 창문으로 다양한 소리가 들린다. 글 쓰다가 잠시 멈추고 소리에 집중해본다. 어디선가 공사를 하는지 퉁퉁 뭔가를 치는 소리, 자재를 놓는 소리 등이 들린다. 그 소리 사이로 자동차가 다양한 속도로 달려가는 소리, 가끔 앞차에 뿔이 났는지 경적을 울리는 소리, 열어놓은 창문 위 블라인드가 바람에 조금씩 흔들리며 부딪치는 소리, 지나가는 사람들의 웅웅거리는 말소리가 멀리서 들린다.

창문을 열고 가만히 소리에 귀 기울이기만 해도 이렇게 즐겁다니! 창문 밖 다양한 소리가 마치 연주곡처럼 느껴지기도 한다. 소리의 조화도 이렇게 신비로운데 범위를 넓혀 우주를 생각해보니 경외심이 든다.

가까이 있는 것에서 시작해 넓은 우주, 또는 그 이상까지 가니 알지 못하는 게 많아 두렵기까지 하다. 거대한 이곳에서 나라는 존재가 특별히 사랑하고 좋아하고 아끼는 대상이 있다는 것은 그 두려움을 떨칠 만큼 강력한 힘을 발휘한다.

사랑하는 가족, 친구, 제자, 동료, 사람이 있다. 즉, 내 마음을 따뜻하게 해줄 사람들이 존재한다. 그들은 나를 신뢰하고 나도 그들을 믿는다. 따뜻한 시선으로 따뜻한 마음을 담아 그들을 바라보게 된다. TV 프로그램, 신문과 같은 다양한 매체에 소개된 사람 중 마음이 따뜻하고 남을 배려하는 사람이 나오면 사랑의 눈빛을 보내게 된다. 생각이 깊고 지혜로운 사람을 보면 마음속 멘토를 만난 기쁨에 눈을 반짝인다. 현재는 살아있지 않은 고대, 중세, 근대 사람들의 지혜를 글로 접하면서 존경하는 마음이 든다.

내가 좋으니 세상도 좋다. 내가 웃으니 세상도 웃는 것 같다.

같은 그림을 보면서도 다른 사람과 생각이 다를 때가 있다. 나는 어떤 그림을 보고 과거 내가 경험한 어떤 장면이나 느낌이 떠올라 밝은 느낌을 느끼는데, 같은 장면을 본 다른 사람은 좀 어둡고 힘든 장면으로 해석하기도 했다.

분명 같은 그림인데 해석이 다를 때 화들짝 놀란다. 사람은 자기가 보고 싶은 것만 보고 듣고 싶은 것만 듣는다고 했던가. 내가 해석하고 싶은 대로 해석했을지도 모른다. 객관적이라는 것, 제3자의 입장에서라는 말이 얼마나 어려운 일인지 생각했다. 내 감정이 조금이라도 들어가 버리면 '객관적' 인 것이 되지 못한다.

이 정도면 '세상의 중심은 나' 라는 광고에서 본 문구가 진리이지 않을까? 내가 사랑하는 것은 '나' 그리고 '세상' 이고 그 중심에는 내가 있다.

개성이라는 것

개성이란 우리의 독특한 자질과 사고능력을 말한다. 나만이 할 수 있는 것, 나의 멋진 모습이 폭발적으로 발휘될 수 있는 것이 개성이다. 개성이 SNS에서 드러난 용어로 '밈(meme)'이 있다. 밈이란 SNS를 통해 유포되는 신조어, 은어, 짤, 이모티콘, 패러디물 등을 말한다.

어떤 새로운 것이 사람 사이로 전파되고 나라 사이로 전파되며, 그것을 받아들인 사람이나 나라의 개성과 비결이 가미되어 변화를 일으킨다. 바이러스만 강력한 변이가 있는 것이 아니다. 밈도 변화를 일으켜 새로운 지식과 사상이 탄생한다. 즉, 호기심이 다양한 지식과 융합되어 진화가 일어난다. 밈의 성장, 진보 과정은 '청출어람'이란 사자성어를 떠오르게 한다. 스승에게 배운 후 자신만의 이야기를 가미하여 더 지혜로운 사람이 되는 과정과 흡사하다.

창조적인 철학자, 과학자, 화가, 음악가, 예술가 등도 다른 사람, 다른 창조물을 통한 배움과 협력을 통해 개성적인 창조물을 만들 수 있었다. 협력해야 창조할 수 있고, 협력의 힘이 창조적인 사람의 탄생을 가져온다.

예전에는 나의 수업방식이 개별적으로 학습지를 풀게 하거나 개인 활동이 대다수였다. 그러다 몇 년 전부터는 모둠 활동이 학생들의 흥미를 갖는 수업 방식이란 생각이 들었다. 2020년 코로나19로 인해 마스크를 쓰고 거리 두기로 인해 개별학습 활동만 하다 보니 학생들이 힘들어 보여 코로나19 방역 수칙 단계나 상황 등을 고려하여 짝 활동을 많이 했다.

각자 자기 생각을 정리한 후 짝끼리 협력하여 다시 생각을 종합 정리해서 학습지에 기록 및 발표를 시켰다. 짝끼리 어떤 학습 내용에 대해 그림으로 표현하게 하고 발표를 시키는 수업을 자주 했다. 혼자서 할 때는 고민하다 시간이 많이 지나가는데, 짝끼리 활동하니 학생들이 더 적극적으로 활동을 하기 시작한다. 함께 교과서를 뒤져보거나 그 의미에 대해 생각한 것을 나누기도 하고 공부하다 생긴 의문을 서로에게 던진다. 교실을 순회하며 아이들이 서로 협력하여 과제를 해결하는 과정에서 크게 성장하고 있음이 느껴졌다.

각자 자신만의 생각 및 주장 등을 협력 활동을 통해 정립하고 아이들의 개성이 들어간 창조적인 결과물을 만들어낸다. 혼자라면 발표를 꺼릴 아이들도 짝끼리 함께 하니 부담이 없다. 두 사람이 함께 활동 내용을 발표하기도 하고, 한 명은 발표물을 들고 다른 한 명이 발표를 도맡아 경우도 있었다. 또는 발표하는 짝 옆에 서 있기만 한 경우도 더러 있었다. 그래도 학생들은 함께 한다는 느낌이 들었는지 개별활동보다 더 집중도가 좋았고 함께 하는 수업을 선호했다.

예전 모둠 활동 때에는 '무임승차' 하며 모둠 점수를 받아 가는 모둠원 때문에 스트레스받는 학생들이 가끔 있었다. 그래서 모둠 내에서도 성과에 따른 차별적인 점수 배점을 한 적이 있다. 또는 모둠 점수를 따로 넣지 않고 활동 과정 자체에 의미를 부여해서 각자에게 활동 완료 도장을 주기도 했다.

짝 활동을 통해 올해 깨달은 게 있다면 짝끼리 함께 하니 무임승차할 수 없는 구조라 모든 학생이 활동을 하게 된다는 것이다. 한 명이 발표를 안 해도 함께 앞에 나와 발표하는 친구 옆에 있으니, 발표하는 친구도 혼자만 애쓰고 있다는 스트레스를 별로 받지 않았다. 코로나19로 인해 수업의 형태도 조금씩 변해가고 있다.

영어를 생전 처음 배우기 시작한 내게 중학교 영어 첫 수업은 충격이었다. 알파벳부터 공부할 것이라고 예상했는데 단어부터 수업하셨고 이탤릭체로 판서해서 공책에 옮겨적는 자체가 너무 어려웠다. 수업을 제대로 듣지 못해 수업 내용을 파악하기 너무 힘들었다. 두 번째 시간부터 바로 쪽지 시험을 치는데 중1 때 영어 선생님께서는 틀린 개수만큼 벌이 있을 거라고 엄포를 놓았다. 영어 대문자만 알고 있던 나는 첫 단어 시험 결과 거의 다 틀렸다. 생전 처음 보는 점수에 놀랐고, 60점 이하 친구들은 교실 바닥의 정중앙에 꿇어앉아야 한다는 선생님 말씀에 수치심을 느꼈다.

항상 교사에게 칭찬받던 내가 중앙의 교실 바닥에 무릎을 꿇고 앉아 죄인처럼 얼굴을 푹 숙이고 있었다. 영어 선생님은 수건을 들고 화장실에 가셨다. 영어 선생님이 교실에 들어오기를 기다리며 바닥에 무릎 꿇고 앉아 있는데, 자리에 앉아 있던 친구들이 가슴을 후벼 파는 말을 했다. "○○이 쟤 공부 잘하는 애 아냐? 중학교 와서 왜 저렇게 됐어? "라는 두 친구의 수군거림이 크게 들렸다.

왜 그런 이야기는 크게 들리는 것일까? 일부러 들리라고 크게 말한 것일지도 모른다. 그 순간 나는 숨고 싶었다. 왜 나는 갑자기 공부를 못하게 됐냐며 고개를 숙인 채 자기 비하를 했다. 영어 선생님께서는 빨아온 수건을 팔 안쪽에다 얹은 후 온 힘을 다해 꼬집었다. 360도 이상 비틀어진 느낌을 받으며 고통스러웠다. 집에 가서 보니 빨갛던 부위가 서서히 시커멓게 변해갔다. 시간이 지날수록 검게 변하는 팔을 보고 공포심을 느꼈는데, 다음 날 또 영어 쪽지 시험이 있기에 극도의 두려움이 다가왔다. 엄마에게 사전을 사달라고 했다. 저녁에 사전을 보고 발음기호를 분석하여 교과서에 일일이 발음 나는 대로 소리를 한글로 적었다. 그리고 자습서를 펼쳐 해석 문장을 한글로 적었다. 차츰 영어시험에서 좋은 결과를 얻게 되고 영어 선생님의 무서운 꼬집기에서 벗어나게 되었다. 공부에 재미가 생긴 나는 발음기호, 해석문을 적는 것에 그치지 않고 작은 수첩에 영어 단어를 적어 학교 갔다 오는 등하교 시간 동안 걸어 다니며 암기를 했다. 그러던 어느 날 버스 안에서 수첩을 꺼내 보며 영어 단어를 외우던 내게 같은 반 친구가 다가왔다. "너 공부하는 거니? 흥! 네가 이런 식으로 아무리 발버둥 쳐봤자 내 발끝에도 못 따라올 걸."이라고 말했다. 그 소리를 듣고 너무 화가 나고 분했다. 그 친구에게 어떤 말이든 퍼붓고 싶었지만, 당시 나는 무척 소심한 아이였다. 남에게 싫은 소리 하는 것을 두려워하던 나는 버스 문이 열리기만을 조용히 기다렸다. 버스에서 내려 몇 발자국 걸어가면서 주먹을 쥔 채 결심했다. 다가오는 시험에서 그 친구를 어떤 방법으로든 반드시 이기고야 말겠다고. 그 아이의 코를 납작하게 해주고 싶었다. 본인보다 못한다고 무시하는 그 아이를 당황하게 만들기 위해 열심히 공부했다.

그날 저녁에 바로 실행에 들어갔다. 교과서, 자습서, 영어사전을 펼친 후 교과서 본문을 공부했다. 교과서를 집에서 읽으며 수첩에 단어를 적기 시작했고, 영어뿐 아니라 여러 과목의 핵심 내용을 수첩에 정리하기 시작했다. 학교 가는 길, 집에 오는 길에 수첩을 보면서 공부를 했다. 다음 시험에서 그 아이를 이겼지만, 공부에 재미를 느낀 나는 계속 복습하는 습관을 형성했다. 수업 시간 선생님의 질문에 혼잣말이든 손 들어서이든 대답을 하기 시작했고, 차츰 성취감을 느꼈다. 하면 된다는 것을 느꼈고, 결국 우등상을 받았다.

처음 공부의 시작은 공부를 못 한다고 무시하는 한 친구를 이기기 위한 것이었다. 그 일이 계기가 되어 나 자신의 발전에 도움이 되는 다양한 공부를 하게 되었고 또 공부 자체에 즐거움을 느끼게 되었다. 복습 및 모르는 단어나 내용을 찾아가며 찾는 예습을 하기 시작하니 공부를 차츰 잘하게 되었다.

나를 분노케 했던 중1 때 버스 안에서 만난 그 친구는 중학교뿐 아니라 고등학교도 같은 학교였다. 심지어 고3 때 같은 반이 되기도 했다. 그 친구를 볼 때마다 중학교 1학년 때 "네가 아무리 발버둥 쳐봤자 내 발 끝에도 못 따라올 걸."이라고 했던 그 표정과 말이 떠오른다. 상처를 입은 그때의 내가 생각났다. 하지만 그 친구는 전혀 기억하지 못했다. 고등학교 들어와 내게 문제집 뭐 풀고 있는지, 공부법 등에 대해 알려달라고 요청이 들어온 것 보면 중1 때 기억이 나지 않나 보다. 그 친구를 미워했던 내가 무안할 정도로 그 친구는 내게 진지하면서 간절한 태도로 공부법에 대해 물었다. 고3 여름방학 때 본인은 기숙학원에 들어가서 열심히 공부하겠다는 계획을 밝히기도 했다.

그 친구가 밉기는커녕 고마웠다. 그 친구가 아니었으면 혼자서 공부를 한 시간 이상 동안 하게 되었을까? 그 친구가 자극을 주지 않았더라면 예·복습을 하면서 공부의 즐거움을 느낄 수 있었을까? 나의 잠재력이 발휘될 수 있게 전환점을 만들어 준 그 친구는 본인이 누군가의 삶에 이렇게 큰 영향을 끼쳤을 거라고 상상이나 했을까?

지금 생각해보니 그 아이는 열등감에 사로잡혀 있었던 것 같다. 버스 안에서 중얼거리며 공부하는 듯한 나를 보고 불안해서 상대를 괴롭히고 상처 주는 말을 했던 것 같다. 그 아이는 학창 시절 내내 자기보다 잘하는 친구에게 공부법에 대해 물었다. 그 아이야말로 자신에 대해 만족을 하지 못하고 자존감이 낮았던 것이 아닐까? 나 또한 친구의 말이 도화선이 되었지만 사실 영어를 잘 못한다는 강박관념이 스스로의 열등감을 증폭시켰고 성장하게 되었다.

나의 개성은 나만이 할 수 있는 것을 해내는 것이 아닐까? 허우적거리지 말고 열등감을 극복하기 위해 노력하는 태도가 진정한 개성이 아닐까?

내 몸 돌보기

백신 1차 접종 후 얼굴이 조금 붓고 힘이 없어졌다. 팔이 아팠다. 팔이 너무 무거워 뭔가를 들 수가 없었다. 나의 증상은 근육통이 있어서 오십견이 온 것 마냥 팔을 들 수가 없었다. 당일 저녁에 미열이 있어서 바로 해열제를 먹었다.

감기에 걸렸을 때처럼 목에 뭔가 찝찝한 느낌이 들어 생강 쌍화탕, 한방 감기 파우치, 홍삼 엑기스도 먹었다. 보통 때와 다르다는 생각이 드니 두려움이 들어 약을 서너 개씩 먹었다. 먹으면서 생각해보니 나는 건강염려증 환자 같다.

자고 일어나니 팔이 더 아파서 악기 연주하는 수업에 참석하지 못 할 것 같았다. 원래 악기 연주를 잘하지 못하고 서투른데다가, 양팔이 아프니 코드 잡을 때 힘을 주지 못하므로 악기수업에 가면 안 되겠다는 생각이 들었다.

하루 종일 뒹굴거렸다. 얼마만의 뒹굴거림인지 모르겠다. 먹고 쉬며 자는 행위를 반복했다. 팔이 뻐근하고 아프다는 핑계로 간만에 쉰 오늘 하루는 여유로 가득 찼다.

몇 주의 시간이 지나 2차 백신을 맞았는데, 내내 몸살기가 있어 쉬는 게 아닌 투병 생활을 하게 되었다. 약 먹고 자다 깨기를 반복했다.

내 몸이 아프거나 병원에 가서 병명을 진단받게 될 때, 가족들이 아플 때, 누군가가 병으로 돌아가실 때 드는 생각이 있다. 바로 건강이 제일 중요하고 소중하다는 것이다. 내가 건강하지 않으면 즐거움과 기쁨, 행복이라는 긍정적 감정을 느끼기 어렵다. 아플 때는 육체가 정신마저 잠재우거나 꺾어버리는 것 같다.

내 몸을 돌보지 않으면 내 마음과 정신마저 약해질 수밖에 없다. 내 몸의 소리에 귀를 기울여 듣자. 조금이라도 이상이 생겼을 때 온 정신을 집중하여 해결하자. 나를 돌보자. 나의 신체가 건강해야 외부 자극에 반응할 수 있고, 다양한 감정을 느낄 수 있다.

강렬하게 나를 사랑하기

'나다움'을 찾는 것은 나를 가장 행복하게 하는 것이다. 나를 찾아간다는 건 나를 꿈꾸고 설레게 하는 것이다. '나다움' 을 찾는 것은 신체적으로나 육체적으로 힘들고 지쳐도 견딜 가치가 있다고 느껴지는 용기를 갖는 것이다. 나다운 모습을 드러내는 것이 뿌듯하고 자랑스러우며, 나 자신이 좋아지고 소중하다고 스스로 느끼는 것이다.

내가 '나다움' 을 찾는 것은 존재의 의미를 알아가는 것이고, 오직 나 하나라는 존재의 소중함을 펼쳐가는 것이다. 남과 구별되는 나만의 인생 목표를 펼쳐나가는 것이다.

삶이 지칠 때 바람 쐬러 간 관광지에서 열심히 살아가는 사람을 보며 힘을 낸 적이 있다. 그 중 어떤 시장에서 본 할머니가 떠오른다. 건너편 이 층 음식점 창문으로 그 할머니가 생선과 젓갈을 판매하는 모습이 보였다.

예전 관광객으로 꽉 차서 서로 부딪치지 않고는 지나갈 수 없었던 시장은 계속되는 코로나19로 인해 열 손가락에 꼽을 정도의 사람들만 지나다녔다. 상인들은 손님들이 없으니 대부분 문을 닫고 일찍 갔다. 거의 대부분 문 닫겨 있는 시장에서 그 할머니만 외로이 구부정한 허리로 판매를 계속하고 있었다. 내가 식당에 있었던 두 시간 내내 할머니는 가격을 묻는 한 두 팀의 사람만 만났을 뿐 단 하나도 팔지 못했다. 하지만 할머니는 두 시간 내내 옅은 미소를 지으며 생선을 정리하고 주변 청소를 하셨다. 그 할머니를 두 시간 내내 보았다. 오랜 시간 동안 고생했을 육체지만 그 누구보다 강인해 보였고, 밝은 생명력을 느꼈다. 그녀의 미소에서 강력한 힘을 느꼈다.

한 번뿐인 인생이라면 열심히 살자.
스스로 아름답다 생각할 수 있는 삶을 살자.
강렬하게 나를 사랑하자.

사랑의 다양한 형태

고흐는 친척들과 동생 테오의 후원으로 겨우 생계를 유지하면서 그림에 대한 열정은 누구보다 강렬했던 화가이다. 그에게도 몇 번의 사랑이 존재했다. 그 중 매춘부였던 시엔과의 만남 이야기가 인상적이다.

고흐는 1882년에서 1883년까지 시엔과 함께했다. 그녀는 신분이 높은 남자의 아이를 임신하고 버림받아 거리의 여자가 되었으며 고흐를 만났을 때는 두 번째 임신을 한 상태였다고 한다. 고흐는 시엔과 그녀의 딸을 아꼈고, 주변의 반대를 무릅쓰고 시엔과 반드시 결혼할 생각이었다.

고흐는 시엔을 그림으로 남겼다. 그녀 곁을 떠나지 않겠다던 고흐는 얼마 후 그녀의 곁을 떠났다. 이후 소지품들을 챙기기 위해 딱 한 번 돌아왔다고 한다.

그녀는 고흐를 만난 이후 매춘부 생활을 청산하고 세탁부로 힘들게 살아가고 있었다. 고흐가 그녀의 곁을 떠난 이유는 알려지지 않았지만 고흐의 마음은 무척 아팠으리라. 그 뒤 힘들게 사는 시엔에 대한 죄책감을 동생인 테오에게 투사했다고 한다.

시엔은 그 후 다른 남자와 결혼하였고, 3년 후 자기 스스로 강물에 몸을 던져 생을 마감했다. 말년에 정신 이상 증세를 겪은 고흐도 자살로 생을 마감하였다.

작가의 삶과 작품은 뗄 수 없는 관계이고 시대와 작가의 삶이 작품 이해에 도움 된다. 하지만 작가와 작품을 동일하게 보는 것도 경계해야 한다. 종합적으로 해석하고 받아들여야 될 일이다.

그림에 대한 느낌, 작가에 대한 느낌은 나만의 것이다. 느낌은 강요받는 것이 아니다. 서서히 또는 강렬하게 내가 느끼는 감정과 사고인 것이다.

격렬하고 격정적인 사랑의 순간은 그 언젠가는 지나가지만 문득 생각나고 애틋한 사랑이 될 수 있다. 두 사람에 대해 자세히 아는 바는 없으나 서로에게 소중한 존재였으리라.

'사랑'의 다양한 형태에 대해 생각해본다. 시엔은 고흐를 사랑하고 그리워하며 사는 것을 선택했다. 그녀는 매춘부 생활을 청산하고 육체적으로 중노동을 하며 아이를 키우기로 선택했다. 사랑의 형태는 다양하다.

청도 근처에서 1박을 하고 시원한 와인터널에 갔다. 장식 등 아기자기한 볼거리도 많은 곳에서 감 와인도 한 모금 맛보았다. 그러다 이색 카페인 '청개구리 ○○○'가 와인 터널 바로 앞에 있다는 게 기억났다.

청도에 갈 때마다 한 인기 텔레비전 프로그램에 나온 청개구리 ○○○에 몇 번 갔다. 청개구리 아주머니라 불리는 윤영숙 씨는 청개구리만 보였다 하면 뭐든지 수집했다. 오랜 기간 동안 모은 수집품으로 박물관 겸 카페를 차린 곳이 바로 이곳이다.

오랫만에 찾은 그곳은 이제 주인은 바뀌었지만, 여전히 청개구리와 부엉이로 가득했다. 이곳은 전시품만 의미 있는 것은 아니다. 청개구리를 사랑하는 마음으로 몇십 년간 개구리들을 수집한 열정이 있는 곳이다.

이곳에 오면 하나하나 정성과 사랑으로 장식품을 가꾸어가는 장면이 연상되어 보는 이가 저절로 행복해졌다.

청개구리 아주머니는 그 어딘가에서 지금도 애정 어린 눈으로 청개구리를 바라보고 계속 사랑하고 있으리라. 어디선가 계속 청개구리를 수집하며 서로에게 좋은 친구를 만들어주고 있으리라.

그녀의 열정과 사랑이 생각나는 밤이다. 사랑의 형태는 제각각 다양한 모습을 하고 있지만, 그 모두 '사랑' 임은 부인할 수 없다.

쉼, 여유 갖기

오랜만에 직장 근처를 산책했다.

느긋한 산책은 마음의 평안을 가져왔다.

개학한 지 얼마 안 되어 육체적으로 피곤했다.

오후 6, 7교시 연속으로 수업하고 기운이 다 빠지는 느낌이었다.

산책으로 여유를 가슴에 담아 왔는데도 알찬 수업 시간을 위해 열의를 다 쏟다 보면 '여유'란 놈이 어딘가로 가버린 것 같다.

이때 쉼, 여유를 다시 채워야 한다. 쉼은 재생 에너지로 나를 튼튼하게 한다. 내게 있어 쉼은 독서, 글쓰기, 멍하게 있기, 영화와 예술작품 관람하기, 그 무엇인가를 배우기, 여행, 산책하기 등이 있다.

방금 언급한 것은 행복한 삶을 위해 내게 의미가 있는 것들이다.

야간 자율 학습 감독을 한다고 교무실에 혼자 덩그러니 앉아 있다가 짝꿍 샘이 준 복숭아를 먹고 커피를 내려 마셨다. 커피를 마시며 교무실에서 음악을 틀었다. 더 완벽한 나만의 감성을 갖기 위해 교무실 커튼을 활짝 열어 경치를 보았다.

4층 내가 있는 이 공간에 대해 생각한다.

좋아하는 음악이 흐르고 커피 향이 나는데, 열린 창문 너머로 짙푸른 검은 빛과 푸른 빛이 하나로 합쳐진 듯한 산의 형체가 보인다. 간간이 비가 내리는 도로 위를 차가 지나가는 소리가 세차게 들린다. 내리는 빗물과 차가 만나고, 도로 위의 고인 빗물과 자동차 바퀴가 만나는 소리는 감미롭다.

또 학생들이 공부를 잘하고 있는지, 불편한 점은 없는지 둘러보다 행복감이 밀려들었다. 순수하고 열정적인 학생들과 함께 있는 자율학습 공간은 조용한 흥분으로 가득 차 있다.

감미로운 음악으로 귀가 즐겁고

아름다운 저녁에서 밤으로 넘어가는 바깥 풍경으로 눈이 즐겁고

커피를 마시며 입이 즐겁고

이 공간에서 아름다움을 찾아 즐겁고

글을 쓰고 있는 손이 있어 즐겁고

열린 창문으로 들어오는 바람으로 인해 피부가 즐겁다.

쉬는 시간 이후 순회하며 학생들의 열정을 느껴 즐겁고

음악이 한 곡에서 다음 곡으로 넘어가는 짧은 순간이 설렘으로 가득 차서

즐겁다.

추억이 담긴 노래가 나올 때는 저절로 내 얼굴에 미소가 지어진다.

이 어찌 즐겁지 않다고 말할 수 있을까?

풍선 안에 가득 찬 즐거움을 슬쩍 여기다가 풀어놓고 집에 가야지.

풍선 입구 부분 꼭 묶었던 부분을 슬쩍 만 풀어놓고

풍선 안 가득한 즐거움이 스르르 빠져나가 이 공간을 가득 채우리라.

내일은 또 다른 즐거움과 행복으로 가득한 풍선을 만들어 슬쩍 풀어놓고 퇴근해야지.

매일 색다른 행복과 열기로 가득 찰 이 공간이 설렘을 준다.

휴식과 쉼은 매우 중요하다. 잠시 멈추자. 멈추고 쉬자. 때로는 고요의 순간, 아무것도 하지 않고 충전하는 시간이 필요하다. 내가 여유를 찾지 않으면 나를 비롯한 다른 사람을 도울 수 없다. 내가 채워져야 뭔가를 줄 수 있는 존재가 될 수 있다. 때로 글을 쓸 때도 진도가 안 나가고 정체되어 마음이 힘들 때가 있다. 그렇다 해도 어느 순간 새로운 글을 쓸 힘이 생기리라. 힘든 마음을 이길 수 있는 약을 처방받고 싶다면 그냥 쉬어라. 쉬고 싶을 때 쉬어라. 내가 하고 싶을 때 좋아하는 일을 하면 된다. 바다를 보러 가고 싶다면 떠나면 된다. 바다를 보러 가는 길에 더 큰 힘을 얻고 행복을 찾을 것이다.

시작하기

인도에서 처음 시작된 것으로는 아라비아 숫자, 자, 사리탑, 공(비어있음)이라는 개념, 단추, 샴푸, 황마, 목화, 카바디가 있다고 한다.

인도에서 시작된 게 많다. '처음' 이라는 단어에 주목해본다.

무엇이든 '처음' 은 두렵고 낯설다. 반대로 새로 시작하는 설렘과 기운으로 가슴 터질 듯한 흥분을 느끼기도 한다.

본인이 처음 시도하는 것인지도 모른 채 '시작' 하기도 할 것이다.

'시작' 이라는 단어는 묘한 흥분을 안겨준다. '시작' 이라는 것은 설렘, 두려움, 생기와 열정, 가슴 가득 차오르는 기대감을 갖게 만든다. '시작' 이라는 단어에서 떠오르는 것은 우정, 연애, 결혼, 출산, 돌잔치, 어린이집이나 유치원 입학부터 시작해 초중고, 대학교 입학, 면접, 취업, 직장생활, 취미 생활 등이다.

매일 '시작'을 한다. '하루의 시작', '뭔가의 시작'이라는 것을 할 수 있어서 감사하다. '시작'이 있으면 결실이 있다.

매년 만나는 수많은 아름다운 10대들에게 애정이 가고 눈길이 간다. 두려움을 떨쳐버리고 교사로서 십 대들이 주체적인 사람으로 아름다운 인생을 살아가는 데 조금이라도 도움을 주고 싶다. 그들의 멋진 시작을 돕는 교사가 되고 싶다.

어떻게 하면 '나' 뿐 아니라 내가 만나는 '학생' 또는 '타인' 에게 도움을 줄 수 있을까 생각했다. 그러던 중 66일 습관 만들기를 하게 되었다. 2년이 지난 습관 만들기가 나에게만 도움 되는 것이 아니라 타인에게도 도움을 준다는 사실을 깨달았다.

2020년 66일 습관 만들기를 시작하기까지 어려웠다. 습관 형성에 대해 블로그나 책은 쏟아져 나오고 이것저것 말하는 사람들은 많았지만 내가 시작하기는 어려웠다.

처음에는 책 10분 읽기, 신문 읽기, 물 마시기로 시작했으나, 감사하기, 좋은 글 공유, 독서, 스트레칭, 글쓰기 등으로 확대해나갔다.

막상 시작하고 나니 가지를 뻗어나가게 되었다. 물 1리터 마시기, 10분 글쓰기, 하루 1개 이상 감사하기, 하루 한 번 이상 스트레칭하기, 10분 이상 걷기, 10분 이상 독서하기, 하루에 1번 이상 나 칭찬하기 등을 하기 시작했다. 매일 해 나갔다. 그러다 보니 개수나 시간이 늘어나게 되었다. 요즘은 매일 5개 감사하는 글을 적으면서 그 글 안에 습관 형성, 독서, 글쓰기 등을 넣었다.

이제는 매일 하나라도 안 하면 뭔가 찝찝한 느낌이 든다. 방학이나 주말에 축 늘어져 있다가도 습관 만들기, 감사하기를 해야 한다는 생각에 몸을 일으키기도 한다. 습관 만들기는 1~2년 사이에 내 삶의 활력소가 되었다.

나를 키워주는 새로운 뭔가를 시작해보고 싶은가? 밑져봐야 본전이다. 시작하기까지 거리가 한강만큼 지중해만큼 멀게 느껴질 수 있으나 오늘 바로 시작해보라. 5분이라도 괜찮으니 지금 바로 시도하라. 못하겠다는 생각이 드는 날이 있으면 하루 쉬고, 다음 날 또 시도하면 된다. 혼자 할 때 의지가 약해질 수 있으니 습관 형성에 도움되는 앱이나 블로그와 같은 SNS로 시작해보라. 사람들이 댓글로 '응원합니다.' 라는 댓글을 달아줄 것이다. 거기에 자극받아 다음 날도 하게 된다. SNS에서 같은 습관을 형성하려고 하는 사람들도 만나게 되고, 자극도 받는다.

그러다 어느 순간 습관 형성하려는 노력이 자신을 위한 것인지, 남에게 보여주기 위한 것인지 고민하는 순간이 분명 올 것이다. 보여주기 위한 거라는 결론이 나면 그만둘 차례이고, 나 자신을 위한 것이라는 결론이 나오면 계속하면 된다.

사람들은 내게 매일 어떻게 습관 만들기를 하고 있는지 대단하다란 말을 한다. 그 사람들에게 성공의 비결을 말한다면 대단한 이야기는 나오지 않는다. "시작했기 때문입니다."라는 말밖에 별로 할 말이 없다. 습관 만들기를 하며 지은 아이디 'Smile writer' 처럼 매일 미소 짓고 있다. 그 이유에 대한 답도 똑같다. 나를 위한 일을 시작했기 때문이다. 시작이 반이라는 속담이 오랜 경험에서 우러나온 명언이었음을 느낀다.

나의 '습관 만들기' 에 자극받아 매일 감사일기 쓴다는 사람, 자신의 하루를 일기처럼 기록으로 남기기 시작했다는 사람, 본인이 감사일기 쓰고 있지만 주춤하게 되었는데 다시 열심히 써야겠다는 사람들이 생겼다. 내게 좋은 일이 타인에게도 좋은 영향력을 끼치니 일석이조라고 할 수 있다.

잘살아볼까?

잘 살았다는 것은 무엇일까?

죽음 뒤의 세계에 대해서 사람들은 저승이 있다고 생각한다. 저승의 세계를 천당과 지옥으로 구분하기도 한다.

불교에서는 사람이 죽으면 생전에 행한 선과 악에 따라 앞으로 어디에 태어날지가 결정된다고 한다. 즉, 사후 심판을 받는다.

우리나라에서도 죽어서 저승에 가면 염라대왕의 심판을 받는다는 생각이 퍼져있다. 즉, 살아있을 때 착하게 살아야 지옥에 가지 않는다.

사람은 누구나 죽고 육체는 소멸한다. 한 사람이 잘 살았다는 것은 무엇을 뜻할까? 죽는 순간 스스로에게 후회 없이 '잘 살았다' 라고 얘기할 수 있다면 잘 산 것이 아닐까?

죽었다고 해도 누군가의 기억 속에 내가 존재한다면 살아 있는 것이며, 잘 살았다는 증거가 아닐까? 누군가의 기억, 추억, 마음속에 존재하고 있는 사람은 완전히 죽었다고 말할 수 없으며, 함께 살아가고 있다고 할 수 있지 않을까? 사람들의 기억에서 완전히 사라지는 것이야말로 진짜 죽음, 지옥이 아닐까?

사람은 죽어서 이름을 남긴다는데 그 이름이 '기억, 추억' 이 아닐까?

잘 살았다고 말할 수 있는 삶을 살고 싶다. 그 누군가가 일상을 살아가다 문득 '나' 라는 존재가 그리워지고 생각나는 그런 삶을 살고 싶다. 내가 누군가를 만나고 그들의 삶과 내 삶이 씨줄과 날줄처럼 서로 엉키고 채워져 가고 있다면, 또는 시공간을 초월해 서로에 대해 집중하는 마음이 일치하는 순간이 있다면 그들과 나는 긴밀한 관계라고 말할 수 있지 않을까?

잘살아 보자. 나 스스로에게 뿌듯하게 잘 살았다고 자부할 만큼 잘살아보자. 엉키고 엉킨 시간을 나와 함께 나눈 사람들, 서로에게 중요한 존재였다고 생각되는 사람들에게 그리움과 추억을 선물로 안겨주자. 스스로 잘 살아왔고, 타인과 관계에서도 함께 잘 살았다고 생각될 그런 생을 살아보자. 그것도 '열정적이고 치열하게' 살아보자. 잔잔할 땐 잔잔한 물결처럼, 열정의 순간이 내 마음을 강렬하게 움직일 때는 회오리처럼, 거친 파도가 치는 바다처럼 치열하게 살아보자.

제3장
수고했어, 오늘도

나 찾기

뭔가 허전한 느낌이 든다. 이 느낌은 대체 뭘까?

거울을 보며 무엇 때문에 이런 느낌이 드는지 찬찬히 살펴보았다.

처음 얼굴에서 시작해 천천히 아래로 시선을 내려와 보니 목이 허전하다.

그 자리에 있어야 할 목걸이가 없다는 사실을 깨닫는다.

손을 들어, 목 주변을 쓰다듬는다.

기억을 되살려본다. 억지로 기억을 짜낸다.

짜내는 기억 속 한 장면이 정지되고, 확대되어 보이기기 시작한다.

어제는 목걸이의 고리가 잘 안 걸려서 꼼지락거리다 겨우 걸고 외출을 했다. 고리가 안 걸려 열 번 넘게 혼자 걸려다 포기하려는 찰나 고리가 걸렸다.

그 뒤 목걸이에 대한 기억이 나지 않는다. 나와 목걸이가 같이 있던 장면에 대한 기억은 그걸로 끝이다.

귀금속 보관함을 뒤졌다. 보이지 않는다. 여기저기 뒤졌다. 여전히 찾고 있던 목걸이는 보이지 않는다. 그 뒤 뒤지길 수차례. 휴대폰 손전등 기능을 켜고 현관문을 잡아서 연다. 현관문을 열기 전 혹시나 하는 마음으로 현관 바닥을 눈으로 훑는다.

현관문을 연 이후 온 마음과 시선은 바닥을 뚫어져라 본다. 애타는 눈빛과 긴장한 발걸음으로 엘리베이터 안, 지하 주차장, 차 안 구석구석을 살폈지만 보이지 않는다. 잃어버린 물건에 대한 아쉬움, 확실하게 고리가 잘 걸렸는지 확인하지 않은 것에 대한 아쉬움으로 마음이 내내 불편하다.

그로부터 며칠이 지났는데도 잃어버린 목걸이가 생각난다. 혹시 찾을 수 없을까 방법을 생각해본다. 잃어버린 목걸이의 디자인이 떠오른다.

목걸이를 계속 집요하게 찾다가 갑자기 이런 생각이 들었다. 짧다면 짧고, 길다면 긴 몇십 년이라는 시간을 함께한 물건도 잃어버리면 마음이 쓰리고 아픈데, 평생을 함께한 나 자신은 잃어버리지 않고, 찾으려고 노력하며 살았나? 제일 중요한 것은 나의 '내면' 이 아닐까? 나의 기분, 태도, 생각, 마음, 꿈, 소망 등 나를 찾고 바르게 바라봐야 되지 않을까? 지금 힘들다면 힘든 원인을 열심히 찾아보고 해결할 수 있는 문제이면 해결해야 하지 않을까?

몸이 지치고 피곤할 때 쉬거나 자양강장제나 피로회복제를 먹는다. 지금 내게 가장 필요한 것은 무엇인지 육체적 피로이면 피로를 풀고, 정신적 상실감이나 방황으로 '나' 를 잃어버린 것 같다면 찾는 게 제일 급하지 않을까? '나' 를 회복해야 하지 않을까?

'나'를 찾자. 제일 급한 것은 '나'이다. 내가 제일 중요하다. 제일 먼저 '나'를 찾아야 한다. 그리고 정신적으로나 육체적으로 수고한 나에게 수고했다고 외쳐주자. 잘하고 있다면 아낌없이 칭찬하고 토닥여주자. 나는 소중한 존재이다. 충분히 칭찬받아 마땅한 존재이다.

메모지 한 장 잃어버려도 찾기 위해 여기저기 뒤지며 찾는다. 심지어 휴지통을 뒤적거리기도 한다. 메모지 한 장도 이럴진대 자신의 소중한 모습을 자의든 타의든 잃어버렸다면 찾는 게 당연하다. 너무나 소중하고 존귀한 자기 자신은 홀대하면서 물건 하나 잃어버린 것에 전전긍긍하고 괴로워하고 있는가?

제일 괴로운 일은 나를 잃어버리고 잃어버린 것조차 모른다는 것이다. 자신을 잘 모른다면 자신을 찾아가는 길을 향해 한 발 내딛어라. 한 발 딛고 난 이후 뭐해야 할지 모르겠다면 그다음 한 발을 내딛으면 된다. 그다음 또 한 발씩 걷다 보면 언젠가는 진정한 자신의 모습을 찾을 수 있다.

어떤 곳을 여행하면서 사람 살아가는 방식, 그 지역의 특색 적인 면에 대해 여러 가지를 경험하게 되었을 때 희열감을 느꼈고, 사람에 대해 많이 배우게 되었다.

자신의 모습을 찾아가는 것도 하나의 여행으로 생각하라. 여행하면서 자신의 다양한 모습에 놀랄 수도 있고, 생각지도 못한 나를 경험하게 될 수도 있다. 이 또한 나의 모습이다. 나를 찾고 나를 사랑하자. 여행하며 다양한 것을 겪는 자신이 사랑스럽지 않은가? 내 모습을 소중히 여기고 배우며 성장하라. 사랑스러운 자신을 천천히 바라보고 나를 알아가는 길에 한 발 내딛을 용기를 충전하자.

나 알아가기 - 어린 나

라디오에서 흘러나오는 음악을 들으며 운전하다가 나무가 양옆에 무수하게 끝없이 이어지는 도로를 보며 드는 생각이 있다.

나무 하나하나는 나의 시간, 기억, 추억, 생애인 것처럼 느껴졌다. 나무 하나하나씩 지나쳐서 어떤 목적지를 향해서 달려가고 있다. 그 목적지에는 과연 무엇이 기다리고 있을까? 마지막 목적지에 도착한 나는 대체 어떤 모습일까? 나의 마지막은 어떤 모습일까? '어떻게 살았습니다.' 라고 마무리하게 될까?

성인이 되어 찾아간 나의 첫 초등학교는 2학년 도시로 전학 가기 전 일 년 반을 지냈던 곳이다. 그땐 '국민학교' 였다. 일 년 반 동안 기억은 일학년 때 담임선생님과 짝꿍이었던 경주에 대한 것이 대부분이다.

1학년 때의 내 짝인 경주, 그 아이는 1년 내내 나를 웃겨주고 기쁘게 해주었던 친구였다. 나를 좋아했는지 눈빛으로 좋아하는 감정을 표현하던 경주가 생각난다. 쉬는 시간은 물론이고 수업 시간 중간 담임선생님이 판서할 때 나에게 웃긴 행동과 표정으로 미소 짓게 만들던 경주의 모습이 생생하게 떠오른다. 경주는 나를 웃기기 위해 매일 노력했다. 경주의 농담이나 행동이 재미있어서 내내 웃었던 기억이 난다. 어느 날 화장실에 경주와 내 이름 사이에 하트가 있고, 그 안에 뽀뽀라고 적혀 있다고 주변 친구들이 알려주며 놀렸다. 부끄러워서 벽에 있는 그 글씨를 지우려고 애썼던 기억은 '귀여운' 추억이다.

내게 기쁨을 안겨주던 친구 경주는 지금 어떤 삶을 살아가고 있을까? 안타까운 일은 경주 사진이 한 장도 없다는 것이다. 소풍이나 여러 행사 때 찍은 개인 사진은 있지만 경주랑 찍은 사진이 없어서 경주의 모습은 기억 속에서만 흐릿하게 존재한다. 길거리에서 스쳐 지나가더라도 그 아이를 알아볼 수는 없겠지만 훗날 그 아이 소식을 조금이라도 들었으면 좋겠다. 내 짝꿍 경주가 자신을 사랑하고 행복한 삶을 살아가고 있다고 생각한다.

짧은 순간을 그들과 함께 했지만 기억에 남는 사람들은 만나지 않더라도 추억 속에서 소중하게 존재한다.

아침 출근길에 갑자기 그들이 그리워진다. 그때의 추억과 순수함이 너무나 그립다. 출근길 라디오에서 흐른 아름다운 음악 때문인가 보다. 음악에 빠져 나의 어린 시절까지 흘러 들어갔다.

기억 속에 존재하는 이들이 어느 곳에 있든 어떤 생각을 하든 어떤 사람과 함께 생을 꾸려가든 진정 행복하기를 기원해본다.

어린 시절의 나는 어떤 아이였을까?

다른 사람의 시각에서 바라보고 말할 수는 없지만, 내 기억을 더듬어 표현하자면 평범한 시골아이 중 하나였다. 나는 해맑게 웃으면서 바람을 마음껏 즐기며 뛰어다니던 아이였다. 풀, 나무, 꽃, 논, 밭 등의 자연과 함께 놀던 아이, 토끼풀이 장난감보다 더 익숙한 아이였다. 한마디로 표현한다면 마냥 즐거움으로 가득했고 근심과 고통이 없던 아이였다.

5세 때는 엄마가 모아두었던 동전 박스에서 주먹으로 한 움큼씩 몰래 쥐고 나가 친구들에게 과자를 사주기도 한 말썽꾸러기였다. 동네 아이들은 과자 받기 위해 나를 떠받들기 시작했다. 내 지시를 잘 따라주었다. 그 덕에 1년 정도 골목대장이 되었다. 그때부터 나는 물질과 돈의 힘을 알았던 아이가 된 것 같다.

초등학교 1학년 때의 담임선생님은 삼십 대의 노처녀라고 우리 반 친구의 엄마들이 말했다. 1년 내내 나를 부를 때 다정하게 미소 짓던 선생님이 생각난다. 칭찬해주시고 머리 쓰다듬어 주신 그 손길이 참 따뜻하게 느껴졌다.

그 선생님은 유독 나를 예뻐해 주셨다. 선생님은 항상 예쁘다고 말씀해 주시고 뭘 하든지 잘했다며 머리를 쓰다듬어 주셨다. 그리고 내게 학급 심부름을 많이 시켰다. 간혹 선생님의 개인 심부름을 시키기도 했다. 선생님이 드실 점심 급식을 식판에 받아 교실에 들고 들어오기도 했다.

지금 이 글을 읽고 있는 사람들에게는 16~17킬로그램 나가던 작은 여자아이가 선생님의 식판을 들고 큰 운동장을 가로질러 오는 모습이 안쓰러워 보일 수도 있겠다. 하지만 그때 선생님과 나는 공감대, 애정이 형성되어 있었기 때문인지, 전혀 그런 생각이 들지 않는다. 오히려 중요 임무를 맡았구나란 사명감이 들었다.

여덟 살짜리 아이가 교문 밖을 나가서 음식이 담긴 식판을 들고 운동장을 가로지르며, 한 걸음 한 걸음 사뿐사뿐 걸었던 장면이 생각난다. 음식 하나라도 흘리거나 넘어지기라도 하면 안 되니까 조심히 걸었다.

당시에는 식당, 급식실이 없었기에 담임선생님은 학교 밖 어떤 식당에서 식사를 드셨을 것이다. 매일 내가 심부름한 것은 아니다. 몇 번 내게 따로 시킨 건 학교에 무슨 일이 있거나 교실을 벗어날 수 없기 때문이 아닐까 추측해본다. 내게 시키면서도 들고 올 수 있을까? 염려 섞인 표정으로 바라보시던 선생님이 떠오른다.

유년 시절의 나를 떠올려보면 '평범한 시골 아이', '동전으로 과자 사주며 동네 골목대장이 된 아이', '선생님의 신뢰를 가득 받았던 모범생'이었다.

옷도 단정하게 입고 수업 태도가 무척 바르다며 담임선생님께서 교실 앞으로 나오게 했다. 친구들이 부러운 눈으로 나를 쳐다보고, 나는 기분 좋으면서도 부끄러웠다. 매년 만나는 선생님들의 긍정적인 시선과 호감 어린 눈빛이 나를 긍정적이고 자신감 있게 살아가게 하는 데 도움을 주었다.

교사가 되어 만나게 되는 학생들을 보면서 아프리카 밀림 지역에서 자라

나는 유추프라카치아라는 음지 식물처럼 끊임없이 학생들에게 애정과 관심을 가져야겠다고 느낀다. 그 식물은 사람이나 동물이 한 번만 스치고 지나가면 바로 죽어버리지만 반대로 계속 스치거나 만져주면 잘 자라는 식물이다. 애정, 사랑 결핍증이라고 할 수 있는 이 식물은 어제 손길을 준 이가 오늘 또 손길을 주지 않으면 시름시름 앓게 된다. 나를 비롯한 모든 이는 사랑을 먹고 자라고 사랑받으며 살아갈 힘을 얻는다. 학생들에게 사랑의 눈빛으로 바라보고 애정을 끊임없이 쏟아부어야겠다.

사랑을 받으며 자란 경험에 의해 나도 사랑을 줄 수 있고, 타인을 아껴줄 수 있게 되었다. 사랑할 수 있는 마음의 공간이 생기니 타인을 사랑할 수 있었다. 내가 만나는 수많은 학생들에게 그 경험을 나눠주어야겠다. 내가 받은 사랑을 나누어 주어야겠다.

내 기분은 나의 것

요즘 마음을 토닥여주는 책이 많이 출판되고 많이 읽혀지고 있다. 최근 몇 권을 읽어보니 그 이유를 알겠다. 그 책들은 사람과의 관계에서 오는 불편함, 긴장감을 풀게 하는 구절로 지친 사람들의 마음을 다독여 준다. 내 잘못이 아니라고 외쳐준다.

상대방 감정에 휩싸이지 말고 내 기분이 무엇 때문인지 객관적 이유를 명확히 파악하라고 한다. 상대의 말에서 감정을 분리해 바라보고, 내면의 이야기를 소중히 들으라고 한다.

직장이나 어떤 곳에서 사람들과 함께 있다 보면 가끔 한 사람이 밖으로 표현하는 우울한 기분의 에너지가 강력해서 전체 분위기를 좌우할 때가 있다. 같이 있던 사람들은 그 사람의 눈치를 보게 되고 침묵하게 된다. 분명 그 사람도 주변 사람들이 본인 때문에 불편하다는 사실을 알 것이다.

사람과 사람이 만나면 서로의 감정이 교류되어 일상의 영역에 영향을 미친다. 특히 매일 만나는 동료라면 눈빛, 표정, 몸짓, 손짓, 무언의 분위기(에너지)로 상대방의 감정을 느낄 수 있다. 뭔가에 화가 났거나 우울한 사람과 함께 하는 분위기는 답답하면서도 묘하게 흘러간다.

한 사람의 감정은 아주 짧은 시간에 다른 사람들에게 전이되고 영향을 준다. 하지만 한 발 짝 떨어져서 보면 상대방의 감정에 내 기분이 오락가락한 것이 어처구니없게 느껴지기도 한다. 그 사람의 영향은 받을 수 있지만 받아들일 것은 받아들이고 냉정하게 대해야 할 것은 관심을 끄도록 하자. 내 마음과 내 기분을 소중히 여기고 관심 어린 눈으로 바라보자. 내가 제일 소중하다.

내 기분은 내가 제일 잘 안다. 나를 토닥여주고 내 기분을 풀어 주는데 중점을 두자. 제일 소중한 우선순위를 후순위로 내리면 안 된다. 열심히 지낸 나에게 "소중한 것을 지키려는 나, 오늘도 고생 많았어."라고 토닥거려주자. 타인에 의해 내 기분을 망치지 말자.

주말에 갑갑해서 시원한 바다를 보려고 나왔다.

처음 발견한 건 세찬 바람 소리와 파도,

방파제도 뛰어넘는 파도에 눈이 시원해지면서도 저 파도에 휩쓸려갈까 두렵다.

하얀 색의 파도 물결과 구름 가득한 하늘이 두려움과 설레임이라는 상반된 마음을 안겨준다.

자연도 흔들린다.

외지인인 나는 바다 풍경을 보며 시원함과 즐거움을 느끼며 회를 먹고 바다를 낭만으로 바라본다.

왔다 갔다 흔들리는 자연 속에서도 제일 중요한 것은 '나' 이구나.

내 생각이 제일 중요하구나.

두려워하면 두려운 감정이 나를 흔들고, 설레어 하면 낭만으로 받아들이게 되는구나.

바다 앞은 항상 사람들이 열심히 사는 흔적을 볼 수 있다. 그물이 엉킨 부분을 손질하고 말리기 위해 펼쳐놓은 흔적이 보인다. 그들이 바다 위에서 작업하고 있는 장면을 떠올려보며 방파제를 걸었다.

바다 앞에는 두 종류의 사람이 서 있다. 직접 몸으로 부대끼면서 생활하는 사람과 외지인으로 자연과 그들을 바라보는 나 같은 사람이 있다.

지금 저 파도로 세차게 난리 치는 바다 앞에서 직업이나 생존과 관련하여 존재하지 않고, 바다와 한참 떨어진 안전한 곳에서 바다 풍경을 바라보는 내가 있다. 저 속에 있었더라면 살기 위해 허둥대며 파도와 부딪치고 몸부림치고 있으리라.

한참을 바라보는데, 서핑하러 나온 한 남자가 있었다. 그 남자는 서핑 보드 위에 엎드린 채 거센 파도 속으로 계속 들어갔다. 이만하면 됐다 싶었는데 멈추지 않고 넓은 바다 쪽으로 계속 가고 있다.

무서움과 두려움.

서핑하는 그 남자의 목숨을 걱정하면서도 자연을 두려워하지 않고 대적하려는 그의 태도에 호기심이 생겼다.

한참을 바라보고 또 바라보았다.

두려운 바다 앞에는 두 종류가 아닌 세 종류의 사람이 있었구나. 그 속에서 생활하는 사람과 바다를 하나의 풍경으로 바라보는 외지인인 나 같은 사람, 마지막으로 자연 속으로 뛰어 들어가 자신의 존재를 확인하고 싶은 사람이 있다.

내가 서 있는 위치와 나의 능력을 파악하고 주체로서의 내 존재가 진정 원하는 것을 해야 한다. 내가 어떤 종류의 사람인지 파악해야 한다. 내가 어떤 사람인지 파악하고 나를 보살펴야 한다. 내 기분이 어떤지 알고 대처를 해야 한다.

나에게 의미있는 것

당신에게 의미 있는 상징물이나 생물, 또는 사물은 무엇인가?

나를 편안하게 하고 의미 있게 하는 물건, 상징물은 무척 많다. 내가 좋아하는 장소, 물건, 여행지, 여행에서 만난 사람과 추억 등이 떠오른다.

매년 찾는 어떤 장소가 변함없이 존재하고 있을 때 행복하다. 10년이 지나고 20년이 지나니 그 장소도 조금씩 바뀌어 간다. 시간이 지나면서 조금씩 변했기에 처음 그곳을 갔을 때와 똑같은 느낌은 아니다. 하지만 그곳에 가면 편안하고 따뜻해진다.

하늘이 어둑해지고 바람이 미친 듯이 부는 날씨를 좋아한다. 세상 전부가 세차게 흔들리는 듯한 소리를 좋아한다. 어둑해진 하늘의 색깔과 나뭇잎이 거칠게 흔들리는 모습을 함께 보는 것이 좋다.

이런 날씨를 좋아하게 된 이유는 초등 고학년 때 읽은 〈폭풍의 언덕〉의 영향이 크다. 어린 시절 책을 읽으며 상상으로 그리던 장면, 풍경과 비슷한 광경이 눈 앞에 펼쳐질 때 흥분된다.

비가 억수로 쏟아붓던 어느 날 카페에 갔다.

아메리카노 한 잔을 시켜놓고 빗소리를 듣는다.

굵직한 비가 지붕, 도로에 부딪히는 소리가 좋다.

비 오는 날 카페에서 좋아하는 책을 읽을 때 몰입의 느낌이 좋다. 빗소리 사이사이에 흘러나오는 잔잔한 음악을 들으며 책 속 작가나 인물이 되어 보는 것이 좋다. 책 속 인물로 몰입하다가 잠깐 현실로 돌아올 때 들리는 빗소리 섞인 음악 소리가 좋다.

비가 내리는 소리를 들으며 잠시 사색한다.

여고생이던 나의 미소가 떠오른다.

친구와 나는 고등학교 정원을 뛰어다녔다.

비를 맞으며.

교내 정원의 장미꽃밭에는 세찬 비에 후두둑 떨어지는 장미꽃잎으로 바닥이 뒤덮였다.

친구와 나는 함박웃음을 지으며 바닥에 막 떨어진 장미꽃잎을 줍기 시작했다. 너무 많아지자 윗옷의 앞부분을 펼쳐 그 안에 꽃잎을 가득 담았다. 다시 비를 맞으며 뛰어 교실로 온 친구와 나는 대단한 일을 한 듯 계속 웃어댔다. 수건으로 꽃잎의 물기를 닦은 후 내가 가지고 있는 모든 책, 문제집에 꽃잎을 하나하나 넣었다.

한 달쯤 지난 후부터는 수업 중 건조된 꽃잎을 발견하게 되면 행복했다. 마른 장미꽃잎, 검붉은 장미꽃잎에 연필로 편지를 썼다. 또는 시나 명언을 적기도 했다. 편지적은 꽃잎을 반 친구들에게 나눠주던 그 시절의 마음이 풍요로웠던 내가 그립다.

꽃잎 하나에 행복해하던 그 시절의 내가 그립다.

그리운 모든 것들, 예를 들면 사람, 추억 속 장소, 그 순간의 나와 우리, 그 시절에 내가 갖고 있던 생각, 열정과 순수함, 타인에 대해 진심으로 행복을 바라는 내 마음이 그립다.

열심히 살아가는 사람을 바라보는 행복도 놓칠 수 없다.

노력하고 또 노력하고, 스스로를 지지하며 열심히 살아가는 사람은 나에게 감동을 준다. 행복이라는 기운이 느껴진다. 그런 분을 보거나 스치기라도 한 날은 감사하고 행복한 날이다.

내 마음에 공평할 것

최근 며칠 동안 계속해서 비가 내렸다.

비가 오면 이상하게 마음이 차분해지고 감성에 빠지게 된다.

왜일까?

모든 곳이 비로 젖어서 색다르게 느껴지는 것일까?

비는 자주 오는 것이 아니라서 그런 것일까?

빗소리가 좋아서일까?

세상이 비에 젖어가는 것이 신기해서일까?

비는 누구에게나 골고루 내린다. 자동차 위, 지붕 위, 흙 위, 나뭇잎 위, 돌 위에도 비는 내린다.

비 오는 날엔 감미로운 음악을 틀어놓고 커피를 마시고 싶어진다.

비 오는 날이면 하염없이 창문을 바라보며 그리운 것들을 떠올려본다.

햇빛이 가득할 때는 느끼지 못했던 그 무언가를

비 오는 순간은 느낄 수 있다.

내리는 비를 하염없이 바라만 봐도 좋다.

비를 맞고 있는 나뭇잎 한 곳을 가만히 응시하고 바라본다.

비를 맞고 나뭇잎은 빛을 낸다.

빗소리에 잠이 든다. 빗소리를 들으며 잠이 깬다.

빗소리가 좋다.

비가 좋다.

해와 비는 사람을 차별하지 않는다.

사람은 사람을 차별한다.

나도 나를 차별대우한다.

일 년 정도 다니던 피부 관리샵이 있다. 예약한 날이라서 갔는데 매번 웃으며 인사하는 실장님이 보이지 않았다. 원장님께 실장님의 소식을 물으니 일주일 전 갑자기 그만뒀다고 한다.

원장님은 실장님이 평소 일에 대한 불만이 많은지 모르고 있다가 일주일 전 갑자기 폭풍처럼 불만을 내뱉고 그만두겠다고 해서 충격을 받았다고 한다. 실장님은 평소 말없이 있어 그런 생각을 갖고 있는지 전혀 몰랐다고 한다.

처음 실장님께 피부 관리 받고 친해져서 이런저런 이야기를 하다가 애가 어릴 때 이혼을 해서 네 살 아들과 둘이 살고 있다는 것을 알게 되었다. 실장님은 싹싹하고 다정다감해서 가게에 가서 뵙게 되면 기분이 좋아졌다. 친절하게 대해주던 장면이 떠오르면서 다시 못 볼지도 모른다고 생각하니 안타깝고 서운했다. 힘들고 불합리한 점이 있다면 내 마음의 욕구를 잘 들여다보고 빨리 파악해서 외부에 요청했다면 얼마나 좋았을까? 그냥 참고 지내면서 얼마나 마음이 아프고 힘들었을까? 실장님을 떠올리면 부지런함이 떠오른다. 청소, 빨래, 물건 챙기기 등을 하던 모습, 손님에게 다정하게 미소를 짓던 표정이 떠오른다. 부지런함 그 자체였던 그녀.

모든 만남에는 헤어짐이 있다지만 정이 든 사람과는 그 어떤 헤어짐도 슬프고 섭섭하다. 그녀가 자녀와 함께 건강하고 행복한 매일을 맞이하길 소망한다.

바른 길 찾기

무척 피곤한 하루이다.

토요일, 6시간의 연수를 끝내고 팔공산 근처 대형 쇼핑센터에 갔다. 주차장에 주차한 후 몇 시간 동안 쇼핑을 했다. 쇼핑을 다 끝내고 깜깜해진 밤에 주차장으로 갔는데 이게 무슨 일인가? 내 차가 없다. 분명히 이 곳은 내가 주차한 곳인데, 차가 없다. 이게 무슨 일인지 파악이 안 되고 잠깐 멍해졌다. 아까 주차 후 자동차 문을 안 잠근 것 같다는 생각에 화들짝 놀라 주차장 전체를 뛰면서 차를 찾기 시작했다.

주차한 차들을 하나하나 살펴보았다. 내 차는 보이지 않는다. 내가 흥분해서 차를 발견하지 못했나란 생각에 주차된 차들의 번호판을 보며 찾아보았다. 여전히 내 차는 보이지 않는다. 머리가 하얘져서 주차장 주변을 살폈다.

혹시 주차장이 또 있나? 지금은 천막을 쳐서 문을 닫았지만 아까 군밤 산 포장마차가 같은 위치에 있다. 분명 이 주차장에 주차했다.

순간 당황해서 지나가는 사람에게 물었다.

"○○○ 주차장 여기 밖에 없나요? "

"네, 제가 알기로는 그런 것 같은데요? "라고 한다.

의아해하는 그분들에게

"주차해 놓은 제 차가 보이지가 않아요."

"고객센터에 빨리 전화해 보세요."

뛰어가면서 주차장 안내 센터 벨을 눌렀다.

"무슨 일이세요? "

"아, 주차된 제 차가 보이지가 않아요. 분명 여기에 주차했는데 이상해요."

"아, 차 번호 불러주세요."

"네, ○○○요."

"잠시만요."

"고객님. 고객님이 지금 계신 곳은 a 주차장이고 고객님은 극장 바로 근처 b 주차장에 주차하셨네요. b 주차장에 고객님의 차가 있습니다.'

"아, 그래요? 정말 다행입니다. 어디로 가야 될까요? "

"a 주차장 앞 큰 도로를 따라 걸어가면 됩니다."

"감사합니다."

그제서야 마음의 안정을 찾았다. 한참을 걸어 b 주차장에 도착했다. a, b 주차장은 신기하게 닮아있다. 군밤 파는 포장마차까지 똑같다.

쇼핑백 여러 개를 어깨에 메고 몇 개는 손에 들었다. 두 손에는 아이스커피

두 잔도 들려 있다. 커피 두 잔과 짐을 들고 차를 찾아 돌아다니다 다른 주차장으로 이동했다. b 주차장에 있는 내 차를 보는 순간 긴장이 풀리며 어깨가 욱씬욱씬 아파왔다.

차에 탔다. 안도감이 행복으로 전환되는 건 한 순간이었다.

비슷한 일이 또 있었다.

청도에 살고 있는 지인 집에 가는 길이었다. 내비게이션이 가르쳐주는 길을 잘못 봤다. 양쪽으로 갈라진 도로 중간에 비상등을 켜고 아주 잠깐 머물렀다. 0.01초 정도.

그 짧은 시간 동안 내비게이션이 둘 중 어느 쪽을 가리킨 것인지 내비게이션 입장이 되어 봤다. 다행히 내가 선택한 길이 맞다. 에휴, 다행이다.

올바른 길, 내가 가야 할 길을 잘 찾아가야 한다.

한동안은 못 찾을 수도 있다.

그래도 내 길, 내가 가야 할 곳을 잘 찾아가야 한다.

내 인생이므로, 길을 잘 찾아가야 그 여정에서 행복을 느낄 수 있다.

위안 주는 글쓰기

내 마음이 무엇을 원하는지, 내 마음이 어느 길로 가기를 원하는지 살펴보고 그 길을 가야겠다. 내 마음은 글쓰기를 원하고 있었다. 글쓰기로 내 마음의 에너지는 모이고 있었다.

글 쓰는 것은 내 힘을 강력하게 모을 뿐만 아니라 지친 나를 위로하는 강력한 힘으로 작용한다.

사람은 어떤 상황에서나 위로와 위안이 되는 무언가를 찾을 수 있는 존재이다. 강인해 보이는 사람도 상처받으며, 위로받고 싶어 한다. 남으로부터 위로를 받기도 하지만 각자 여러 가지 방법으로 자기 자신을 위로하기도 한다.

스스로 토닥거림을 먼저 해야 할 때도 있다. 학생들에게 마음이 힘들거나 스트레스를 받을 때 어떻게 하는지 물어보니 음악을 듣거나 영화를 보고, 맛

있는 음식을 먹으며 스스로 해소한다고 한다. 또 다른 누군가는 잠자기, 독서, 대화하기, 산책하기, 명상 등으로 위안을 얻기도 한다.

내 주변에 있는 사람들은 어떤지 관찰해봤다. 그들은 산책, 독서, 쇼핑, 명상, 캠핑, 카페 순회 등 본인에게 편안하고 즐거운 것을 하면서 스스로에게 보상을 주고 있었다.

나는 무엇으로 위안을 얻고 있을까?

위안을 주는 존재는 무척 많은데, 그중 글쓰기를 제일로 꼽을 수 있다. 글을 쓰면서 기쁨, 행복, 위안을 얻으며, 재미까지 느끼고 있다. 지금도 글을 쓰면서 스스로 힘을 받고 있다. 글을 안 써야 할 이유가 없다.

제4장
나를 미루어 상대방을 헤아리기

나는 나

초등학생 시절 집에 혼자 있다가 갑자기 나는 누구인지, 어디로 가고 있는지, 나의 존재는 실재하는 것인가란 생각이 들었다. 하나의 생각은 꼬리에 꼬리를 물어 다른 생각이 계속 떠올랐고, 무서웠다. 나라는 존재가 실제로 존재하는 것이 아니거나, 또는 범접할 수 없는 위대한 신과 같은 존재가 있어서 그의 뜻대로 세상이 흘러가는 것이라면 어떻게 해야 할지 두려웠다. 죽음 이후 사후 세계가 존재하든 아니든 죽음을 떠올리는 그 자체만으로도 무서웠다. 너무 무서워 이불을 뒤집어쓰고 그런 생각을 떨쳐버리려고 노력했다.

일상을 살아가며 그런 생각을 잊고 지내다가 중고등학교 때 더 깊이 생각에 빠져들었다. 두려움은 시도 때도 없이 찾아왔다. 수업을 듣다가, 가족과 얘기를 나누다가, 혼자 공부를 하거나 책을 읽다가 갑자기 그런 생각이 나면 두려움에 온몸이 차가워지곤 했다. 그럴 때마다 독서에 빠졌다. 깊은 사고를 하는 작가들은 분명 해답을 갖고 있을 거라고 믿었다. 나만의 두려움 퇴치법은 바로 독서였다.

책에서 해답을 찾았을까? 시간이 지나 깊은 생각을 하기 힘든 내외부 구조를 갖게 된 고등학교 3학년이 되고, 대학생이 되면서 공부와 연애, 그 외 여러 가지 활동들을 하다 보니 그런 생각들이 묻혔다. 점점 흐려져 갔다.

가끔 나를 돌아본다.

질문을 던지는 것도, 그 질문에 대한 해답을 알아가는 것도 '나' 이다.

'나는 나이다.' 나는 '나' 이므로 나답게 살아야 하고, 나답게 생각해야 한다.

나는 다른 누군가가 될 수 없다. '나' 로 살아가자.

그리고 나에게 소중한 당신에게 말해주고 싶다.

넌 충분히 빛나고

넌 충분히 아름다워.

상처, 진흙투성이라 해도 걱정하지 마.

오직 너만이 할 수 있는 이야기를 들려줘.

그 누구도 너의 빛을 대신 말해줄 수 없어.

네 마음을 힘들게 하는 일을 표현해봐.

너의 마음, 행복, 영혼을 지켜야 해.

네 속에서 꿈틀거리는 빛을 가리지 말고

커튼을 젖혀서 빛나게 해야 해.

너만이 네 빛을 빛나게 할 수 있어.

넌 충분히 잘살고 있어.

넌 지금도 충분해. 말할 수 없이 아름다워. 넌 충분히 잘살고 있어.

누군가를 깊이 사랑하면 용기가 생긴다는 데, 진심으로 누군가를 사랑하는 넌 충분히 용기 있는 사람이야. 너는 너 자신의 모습으로 아름답게 잘 살았어.

사람이 살아가다 보면 좋은 일만 생기는 것도 아니고 엉망인 날도 있다. 하지만 망친 날만을 생각하느라 오늘 다가올 좋은 일들을 밀어내지는 말자. 안 좋은 일이 해결할 수 없는 일이라면 과감하게 받아들이고 흘러가도록 그냥 두어라. 바라보자. 그 속에서도 무엇인가를 배우고 성장하는 내가 있음을 잊지 말자. 지치지 말자. 살다 보면 분명 세상은 내 뜻대로 움직여주지만은 않는다. 여러 가지 일을 겪으며 든 생각은 내가 겪는 많은 일들이 내 마음대로 되지는 않지만, 그것을 대하는 태도, 마음가짐은 내가 원하는 대로 할 수 있다는 것이다.

가끔 사심 없이 도와주려는 것을 기분 나쁘게 받아들이고 크게 기분 나빠하는 경우가 있다. 내 방식이 잘못되었는지, 마음이 전달되지 않았는지 등 이것저것 생각해보게 된다. 이런 사람을 만나면 내게 진심이 담기지 않았는지 곰곰이 생각해보게 된다.

하지만 도와주려는 내 마음까지 부정하지는 말자. 상대방이 받아들이지 못하면, '상대방은 못 받아들일 상황이나 마음인가 보다' 라고 생각하고 시냇물처럼 흘려보내자. 그 이유를 생각해보되 이해가 도저히 안되면 그것도 그냥 그대로 받아들이자. 대신 내게 도움을 주는 사람이 있으면 고마운 마음으로 받아들이고 고맙다는 표현을 자주 하자. 최대한 상냥하게. '역지사지' 란 무엇인지 배우며 성장한다.

나를 돕고 싶어 하는 사람이 있고 부담스럽지 않다면, 감사의 표현을 더 많이 해야겠다. 만약 그 도움의 정도나 방법이 부담스럽게 느껴진다면 부드럽고 정중하게 거절해야겠다고 생각한다.

오늘도 나는 배우고 성장한다.

과거의 나에게 보내는 편지

포기하지 않고 열심히 살아온 지금의 내가 과거의 나에게 무슨 말을 해야 할까? 물론 훌륭하게 잘 해냈다는 격려도 하겠지만, '17세의 나'에게 긍정적이지만은 않은 어떤 넋두리를 하게 되겠지?

중고등학생 시절 치열하게 자신을 알아가던 시기인 17세의 '나'에게

'17세의 나', 지금 기분이 어때?

고등학교 입학 전 예비 소집일 날 설레는 마음으로 고등학교 운동장에 서 있는데, 뒤쪽에 서 있던 아이들 중 일부가 훌쩍거리며 울고 있었지. 안 그래도 새로운 시작, 같은 중학교에서 올라간 친구가 몇 명 없다는 사실에 긴장되고 두려웠는데, 누군가가 울고 있으니 영문은 몰랐지만 두려운 마음이 들었다.

앞으로 지낼 3년이라는 시간이 어떻게 진행될지 너무 무섭고 두려웠어.

두려움은 어느 순간 사라졌단다. 고등학교 초반 정신적인 두려움의 시기가 지나가고, 여고 특유의 발랄함과 즐거움으로 가득하게 되었지. 고등학교 3년이란 시간을 최선을 다해 매 순간순간을 지냈어.

노력의 기쁨도 맛보았지. 미술을 전혀 못 해서 그 수업 시간마다 주눅 든 나였는데, 고등학교 때부턴 그런 나를 받아들이고 다른 방식으로 미술의 형식을 빌려 나를 표현하기 시작했어.

신기한 일이더라.

나만의 개성을 살려 미술 시간에 최선을 다하니 스스로도 뿌듯하고 다른 사람들도 칭찬하는 상황이 생겼지.

공부도 나름의 방식을 점검하고 부족한 부분을 노력하다 보니 조금씩 발전하기 시작했어. 선생님들이 나를 기특한 눈으로 보기 시작했고, 나는 더 열심히 하기 시작했지.

지금까지 연락하며 정신적 교류를 하는 친구도 생겼고, 좋은 선생님들도 만나며 추억을 쌓기 시작했어.

수업은 너무 즐거웠고 학교 연못과 운동장, 매점 모두 사랑스러웠어.

고등학교 시절 감수성이 폭발하여 많은 책을 읽으며 구체적인 꿈이나 희망을 갖기 시작했지.

어떤 일이든 무조건 두려워할 필요가 없다는 것을 그때 어렴풋이 깨달았나 봐. 나는 어떤 일이든 헤쳐 나갈 능력이 있는 존재이며, 두려움의 실체가 실상은 별거 아니었구나라는 것을. 그리고 그 실체는 약간의 염려가 풍선처럼 커져 나간 것일 수도 있다는 것을 그때 깨달았지.

그때 이후 많은 시간이 흘러 어른이 되었는데, 왜 더 나약해진 거니? 지금의 너는 왜 쉽게 좌절하고 포기하려 하는 어른이 된 거니? 두려움의 실체가 무엇인지 파헤치려는 너의 모험심은 어디 간 거니?

앞으로 너에게 의미 있는 많은 일들이 찾아올 거야.

뭔가를 시작할 일도 많을 텐데 그럴 때마다 두려워하며 뒷걸음치지 않길 바래.

두려움의 실체가 과연 무엇 때문인지 자기 스스로를 돌아보고 헤쳐 나가길 바래.

너에게 긍정적이고 발전하며 성장하는 방향으로 결정을 신중하게 내리길 바래.

결정했으면 최선을 다해 바로 행동으로 옮기길!

17세의 '나.'

용감했구나. 기특하다. 지금의 '나'에게 그 기운을 전해주렴. 동굴로 빠지려 하는 지금의 '나'에게, 두려움을 감추고 용감한 척하는 어른이 된 '나'에게 힘을 전달해주렴. 고맙다. 열심히 지내주어서.

초중고 시절 내가 미술 시간 그림이나 만들기 등을 하면 미술 선생님은 일정한 점수를 주셨지. 매년 미술 선생님은 바뀌어도 희한하게 점수는 항상 C 또는 D였어. 평가하는 단계가 다를 뿐 항상 각 단계의 마지막 점수를 받았어. 그리기, 색칠은 당연히 잘못했고 만들기, 조각 모두 잘하지 못했어.

유일하게 그림을 잘 그렸다고 칭찬받던 시절은 유치원생이었을 때야. 그것도 엄마가 내 그림을 살짝 손봐서 정리해주셨기 때문이지. 유치원 선생님과 친구들이 잘 그렸다고 칭찬도 했고, 우리 유치원에서 그림 잘 그리는 몇 명의 친구들과 다른 지역 그림 대회에 참여한 적도 있어. 그땐 유치원 선생님이 마무리로 테두리 등을 그려 그림을 선명하게 만들어 주셨지.

내 인생의 미술 대회 참가는 그때가 유일해. 나는 그림 실력이 지독히도 없는 사람이란다. 정밀화면 정밀화, 스케치면 스케치 모두 잘하지 못했어.

화가도 아주 유명한 몇 사람, 유명한 작품만 알았어. 그것도 미술 시험공부 때문에 억지로 외운 덕분이지. 어른이 되고 바쁘게 지내다 보니 그림, 미술은 점점 나하고는 거리가 먼 존재가 되었지. 예술 특히 미술은 우리 은하계가 아닌 다른 은하계에 속한 존재 같았어.

그러다가 고등학교 시절, 내가 그린 미술을 나 스스로가 받아들이기로 했어. 잘 그리는 사람, 친구 그림을 모방만 하려다 내 식으로 그리고 만들었더니, 오히려 친구들의 사랑을 받는 작품(?)이 나오기도 했어. 내 작품을 보고 친구들은 용기를 얻었어. 내 그림보단 본인의 그림 실력이 낫다는 용기를. 고등학교 시절 싫어한다고 생각했던 미술을 호감으로 차츰 받아들이기 시작했고, 나는 친구들에게 자신의 미술작품에 대해 꿈과 희망을 주는 존재가 되었지.

요즘은 도서관이나 서점에서 책을 보다 그림과 관련된 책, 화가에 대한 책이 눈에 확 들어오기 시작했어. 화가들이 살던 시대, 화가의 생애, 화가의 그림에 대한 설명을 보면 볼수록 관심이 가고 그들에 대해 생각하는 시간이 많아졌어. 눈여겨보지 않던 작품이 생기가 도는 느낌이 들고 내게 의미 있는 존재가 되었어.

그제서야 알았어. 나는 미술을 무척 좋아하고 사랑하는 사람이라는 것을 말이야. 잘 모르더라도 조금씩 애정을 담고 바라보며 행복을 느끼고 있었어.

미술관에서 미술작품을 관람하거나 책에서 미술작품과 설명을 보면서 스스로 위로를 받고 있었지.

나는 미술, 그림, 예술, 화가들이 좋아. 그냥 좋아.

그들의 삶이 내게 다가오고 말 걸어주는 것 같아서.

미술처럼 지금의 '나'를 있게 한 모든 존재와 사물이 좋아.

나는 나이고 지금의 '나'는 과거의 내가 만들어온 것이므로, 과거의 나도, 지금의 나도 무척 사랑스러워.

너를 사랑하는 사람은 아주 많아. 그렇지 않은 사람에게 집중하지 마. 그런 사람 때문에 상처받지 말길.

– 어른이 된 '내'가 17세의 '나'에게

제일 소중한 것은 나이다. 스스로를 바라보는 나의 시각이 제일 중요하다. 지금 이 순간, 순간이 하루를 반짝이게 하고, 나의 삶을 변화시킨다. 최고의 순간을 떠올려보면 큰 사건보다는 소중한 사람들과 웃으며 시간과 마음을 공유했던 순간이 떠오른다. 최고의 순간은 소중한 사람과 함께하는 매 순간이다. 그들의 따뜻한 태도는 분위기를 금새 아름답게 변화시킨다.

매일 반복되는 일상이 지루하게 느껴질 수도 있다. 하지만 그럴 때는 조금만 더 주의를 기울여보자. 나 자신에게, 내 주변에 더 집중해보자. 같은 날은 하루도 없다. 날씨, 계절, 출근길의 도로 상황, 하늘의 모습, 내 눈에 보이는 산과 들, 스쳐 지나가는 사람, 출근길 듣고 있는 라디오 디제이의 목소리, 내용, 노래, 나의 상태, 내 기분, 다른 이와의 관계 등 모든 것이 다르다. 같은 날은 전혀 찾아볼 수가 없다. 지루함이 아닌 설렘으로 일상을 맞이할 때 놀라운 일들이 생긴다.

모네가 시간대, 계절에 따라 건초더미가 빛을 받아 다양한 색을 내는 것을 두고 그림으로 표현하였듯, 내 주변 사물도 내게 다채로운 색으로 다가온다. 사물이 다양한 매력을 뽐내며 다가온다. 소중한 사람이 일상을 얘기하는 순간도 조명이 비춰지는 것처럼 반짝이며 내게 전달된다. '오늘 하루'라는 예술작품이 탄생하는 순간이다. 그 작품은 나와 주변 환경에 파동을 일으킨다. 해수면에 햇빛을 받아 반짝이는 물결처럼.

나는 소중한 존재

내가 알아야 나에게 어떤 일이 닥쳤을 때 대처할 수 있다. 그 일에 대한 당혹감이 남에게 보이기 위해 포장한 내 마음 때문인지, 진실한 마음이었는지 계란처럼 까봐야 한다.

사람에게 계획하고 예측했던 일만 계속 펼쳐지는 것은 아니다. 갑자기 어떤 갈등 상황이나 일이 생기게 된다. 외부에서 생긴 일이라면 해결하기 위해 여러 가지 방법을 찾아봐야 한다. 그때 애써 '나는 괜찮다.', '금방 지나갈 거다.', '다 괜찮아질 거다.' 라고 외쳐 봐도 해결은 되지 않는다. 하지만 내부에서 생긴 일이라면 내면을 향해 그 문제를 해결하지 않으면 더 큰 문제가 생길 수도 있다. 내부에서 생긴 일인데 나의 소리를 덮는 것은 해결책이 아니라 반투명비닐로 덮어놓은 것이다. 애써 억누르지 말자. 억지로 나를 누르는 것은

'진짜'가 아닌 '가짜' 해결법이다.

책이나 영화를 보면 실력을 인정받고 존경받는 것을 목표로 두고 앞만 보고 달리는 사람들이 자주 등장한다. 일로 자신의 존재 가치를 인정받던 이들이 일적인 면에서 좌절하면 자괴감을 느끼고 본인의 삶을 부정하는 등 자신감을 잃는 경우가 종종 있다. 그들은 뭔가를 시작하기엔 늦었다고 생각하지만, 우여곡절 끝에 그런 생각이 잘못이었음을 깨닫고 하고 싶은 일에 도전한다. 후회하지 않기 위해서. 그들은 바로 지금, 이 순간이 내 인생에서 가장 빠른 시간이라는 것을 깨닫는다. 어떤 일을 간절히 소망한다면 지금이 그 일을 시작할 최적의 시간이다. 나는 소중한 존재이므로 나를 위한 일에는 최선을 다해야 한다.

인터넷 검색을 하다 어느 유치원에서 "나는 소중해요"라는 활동 내용을 보게 되었다.

그 활동은 우선 거울을 보고 나의 얼굴을 자세히 관찰한 후 거울 속 내 모습을 그린다. 다음으로 지금 나의 기분이 어떤지 생각해보고, 그림으로 표정을 표현해 본다. 마지막으로 도화지에 그려진 '거울 속 내 모습'을 관찰한다. 어른인 우리들은 자기 자신을 관찰하고, 알아가는 시간을 가지는가? 나를 위한 일에 최선을 다하고 있는가?

인터넷 꼬망세 교구 만들기에 "나는 소중해요"라는 게임 방법이 소개되어 있어 유심히 보았다. 주사위를 던져 나온 수만큼 화살표 방향으로 이동해서 게임판의 문제상황이 그려진 그림있는 칸에 도착하면 해결 방법으로 그림카드 중 한 장을 뽑는다. 뽑은 그림 카드가 위험한 상황에 올바르게 대처하는 방법이면 앞으로 한 칸 가고, 올바르게 대처하는 방법이 아니면 이동할 수 없다는데, 읽다가 깜짝 놀랐다. 아이들은 어떤 상황에 올바르게 대처하는 방법을 직관적으로 알 수 있나 보다. 아이들은 그림 카드를 뽑아 대처법을 즉시 말하고 한 칸 앞으로 갔다. 이에 반해 어른들은 어떤 상황에 맞는 대처 방법을 제대로 몰라 갈팡지팡한다.

어른들도 아이들처럼 자신에게 생긴 일들을 올바른 방법으로 대처하는 방법을 알 수 없을까? "나는 소중한 존재"이므로, 소중함을 잃지 않고 더 아끼며 행복하게 만드는 방법을 알 수는 없는 것일까?

내가 태양이 되고, 밤하늘의 달과 별이 되면 우리는 다 같이 빛날 수 있다. 내가 빛나는 존재가 되어야 다른 빛나는 모든 존재들과도 함께 할 수 있다.

내가 내 문제를 잘 대처하며 빛나야지, 주변 존재들이 빛나게 도와줄 수 있다. 지금 생긴 문제를 잘 대처할 수 없고 힘들어하고 있다면, 그것은 의미가 없는 것일까? 아니다. 어두움 속에서 사색하고 있는 것이다. 빛과 어둠 둘 다 내게 필요하다.

나는 그 자체로 소중한 존재이다.

자신에 대한 희망을 버린다는 표현 자체는 인간으로서 자신감이 떨어질 대로 떨어져 생의 기쁨을 전혀 못 누리는 상태를 나타내는 것 같아서 마음이 아프다.

살쾡이에게 잡히는 다람쥐 같다.

나무를 타지 못하는 삵(살쾡이)은 어떻게 나무 위를 재빠르게 오가는 다람쥐를 사냥할 수 있는 것일까?

어떤 글에서 보니 살쾡이는 다람쥐를 발견하면 눈에서 극도의 살기를 뿜어낸다고 한다. 살쾡이가 뚫어지게 다람쥐를 응시하면, 다람쥐는 공포심에 균형을 잃고 나무에서 떨어진다고 한다. 다람쥐가 나무에서 떨어져 살쾡이의 먹이가 된 이유는 바로 산다는 희망을 버린 '체념' 때문이 아닐까?

소중한 나는 생존을 위해 본인이 타고난 것을 뛰어넘는 진화를 해야 한다. 전략을 잘 짜고 강인한 마음으로 살아야 한다. 자기 삶을 체념하면 안 된다.

나는 그 무엇보다 '소중한' 존재이다.

나 고생했어, 오늘도

저수지 안에 뿌리를 두고 있는 나무들을 만나게 된다.

얼마 동안이나 물속에서 살아왔을까? 청송 주산지의 저수지 안에서 살고 있던 나무는 많이 썩었다는데, 이 곳의 물에 잠긴 나무는 무수한 잎이 피어있고, 단단한 생명력을 보인다. 가지도 잎도 모두 건강하게 잘 붙어있다. 강인한 생명력에 감탄이 절로 났다.

아름다운 풍경을 보니 눈이 시원하다.

아름다운 하늘, 꽃, 아이들이 존재하는 이곳에서 물속 나무들은 가장 빛이 나고 있었다.

저수지 안에서 썩지 않고 자라고 있는 나무들은 물고기, 물, 비, 바람 뿐 아니라 수많은 생명체들과 조화롭게 살아가기 위해 무진장 애쓰고 있으리라. 살아남기 위해 얼마나 애쓰고 있을까? 스스로 움직여 자리 이동도 할 수 없는 상황에서 나무들은 노력하고 있다. 수고가 많다.

나무의 뿌리는 물 속에서 어떤 모습으로 존재하고 있을까?

저 저수지 안에는 눈에 보이는 생명체 말고 다른 생명체가 살고 있을까? 그 생명체는 어떤 모습으로 존재하고 있을까?

저수지 안 모든 생명체와 나무들 고생했어, 오늘도.

내 삶을 돌이켜보니 저수지 안 살기 위해 애쓰는 저 나무처럼 나도 참 수고했구나.

태어나서 인간으로 살기 위해, 남들과 적응하기 위해 얼마나 많은 노력을 했던가? 가족과 어울려 문화를 습득해야 했고, 받아쓰기와 덧셈, 뺄셈 등을 배워야 했으며, 친구들과도 어울려야 했다. 초중고 시절을 거치며 자아 발견도 해야 했고, 좋은 친구와 우정을 쌓고, 공부도 하면서 지냈다. 대학교 때는 연애와 공부와 노는 것을 모두 신경 써야 했다. 교사가 되고 나서는 몇 년을 퇴근 후 대학원 석사 논문을 따기 위해 교육대학원을 다녔다. 수많은 이들이 어른이 되면 겪는 일들을 나도 겪으며 바쁘게 지냈다.

가끔은 하루가 지루하게 느껴질 때도 있다. 지난주도, 어제도, 오늘도 매일이 똑같은 날처럼 느껴질 때도 있다. 그런 날에는 먹는 음식도 맛있게 느껴지지 않는다. 내게 '음식이란' 항상 새롭고 다채로운 느낌을 주는 존재이다. 음식이 맛없게 느껴진 적은 거의 없었다.

답답한 느낌이 드는 날에는 잠시 멍하니 있기도 했다. 가만히 있다 보면 내가 지금 뭐 하고 있는지 생각해보게 된다. 지금의 나에 대해 떠올리다 보면 내 마음 깊거나 얕은 곳에서 꿈틀거리는 소리가 들린다. 나 자신을 들여다보며 그날을 보낸다.

다음 날에는 하루를 '나'로 시작해본다. 나 자신을 들여다보며 내가 진정 원하는 것을 생각한다. 그렇게 시작된 날은 하루가 희망과 기대로 가득 차기도 한다.

응원 같은 것을 할 때 '파도타기'를 기다리던 설렘이 기억나는가? 축구, 야구 등 여러 경기를 관람하러 갔을 때 세로 한 줄의 사람이 함성과 함께 손을 번쩍 들고 일어나기 시작하면 경기장에 있는 관중들의 시선은 일제히 그쪽으로 향한다. 0.1초도 걸리지 않고 근처 옆줄에 있는 사람들이 함성을 지르고 손을 번쩍 들고 일어난다. 릴레이식으로 옆줄로 파도타기가 세차게 일어난다. 강렬한 파동이 일어난다. 관중석을 다 돌고 나서 흥 나는 기운으로 다시 시작하는 파도타기. 본인 줄 차례가 오기를 반짝이는 눈빛을 가지고 기다리며 준비하는 사람들.

이기고 있을 때는 승리를 예감하는 흥으로 가득 차서 파도타기를 하고, 지고 있을 때는 선수들이 힘을 내서 경기를 뒤집길 바라는 마음에서 파도타기를 한다. 선수들에게 기운을 북돋워 주기 위해 시작한 파도타기지만 하는 사람들이 더 힘 나고 기운이 난다.

'파도타기' 하는 마음으로 오늘을 맞이해보자. 나도 상대도 기운이 나는 파도타기를 하는 마음으로 이 날을 맞이하자. '해피 바이러스'란 말이 있다. 존재만으로, 그의 작은 미소 하나만으로도 행복과 활기찬 기운, 즐거운 기분이 전염되는 해피 바이러스 유발자들이 있다. 나라는 존재가 '해피 바이러스'를 일으키는 존재가 되어 '파도타기'라는 설렘을 타인에게 선물로 주자. '파도타기'를 시작하는 사람이 되자.

영어로 '해피 바이러스'와 비슷한 표현으로 "ray of sunshine"라는 말이 있다. 안 좋은 상황에서 기쁨을 주는 어둠 속 빛 같은 느낌을 주는 표현이다.

나의 마음은 괜찮은가?

나는 안녕한가?

나의 마음은 안녕한가?

오늘 하루도 힘내세요.

햇살 좋은 오늘 행복하게 보내세요.

당신 덕분에 행복해.

사랑합니다.

고생했어요.

수고했어요.

충분히 잘하고 있어.

잘하고 있어.

넌 참 멋져.

항상 네 편이야.

정말 감사합니다.

네 덕분이야.

고마워. 감사해요.

역시 넌 해낼 거라 생각했어.

나는 나를 있는 그대로 존중하고 사랑한다.

나는 나를 둘러싼 세계의 중심이다.

강원도로 가는 산길, 네비게이션이 세 시간 넘는 동선을 보여준다. 산길을 가다 갑자기 '퍽' 소리가 아주 크게 났다. 소리의 정체를 궁금해하며 몇 초 더 가는데 자동차 소리가 이상하다.

단단히 이상이 생겼다는 느낌을 주는 소리.

이동하여 겨우 주차할 곳을 찾아 차를 세워놓고 보니 앞바퀴가 크게 찢어졌다.

이를 어떻게 해야 하나?

시골길이라 주차할 곳이 마땅치 않아 덜덜거리는 차를 억지로 더 이동해 가면서 주차할 곳을 찾았다. 겁이 났다. 타이어가 갑자기 펑 터지지나 않을까 두려웠다.

머리가 새하얘진다.

우선 보험회사에 전화해야겠다는 생각이 든다.

보험회사 직원이 예비타이어 있는지 묻는다.

차를 구입한 지 3년이 지났지만, 예비타이어가 있는지조차 모르고 있었다.

확인 후 연락준다 하고 트렁크를 열었다.

구입할 때부터 타이어가 있었을 거라고 희망을 가졌다.

차 트렁크 안은 온갖 물건으로 꽉 차 있다. 목욕용품, 차박 흉내 낸다고 구입한 텐트와 의자, 조명기구, 침낭, 돗자리 등등.

지나가는 사람과 차도 없는 이곳에서 갓길에 주차하고 체감 온도 40도에 땀을 삘삘 흘리며 트렁크 안 물건을 하나하나 꺼냈다.

다 꺼내자 겨우 바닥이 드러났다. 바닥의 손잡이를 잡아 열어 보았더니 타이어가 없었다. 바닥에 짐을 꺼내놓은 상태에서 보험회사에 전화해 예비타이어가 없다고 하니, 렉카로 수리센터가 있는 곳에 가서 타이어를 교체할 수밖에 없다고 한다.

렉카를 불렀는데 삼사십 분을 기다려도 오지 않는다. 트렁크 정리 후 차 안에서 에어컨 켠 채로 기다렸다. 렉카 아저씨가 안 오는 것은 아닌지 걱정되어 보험회사와 전화하다 찢어진 타이어를 수리하는 데 시간이 걸려서 예약한 체험을 못할 것 같았다.

미리 시간을 정해둔 레포츠 체험인데, 어쩌지? 딱 세 시간 반 후 예약되어 있는데 제시간에 못 갈 게 뻔하다. 렉카가 온다 해도 다시 한참을 수리센터로 이동 후 수리도 해야 하고, 거기서 다시 레포츠업체를 향해 한참을 가야 한다. 결국 레포츠 업체에 전화해서 사정을 얘기하니 사장님이 엄청 화를 낸다.

미안한 일이지만 내가 안 가고 싶어서 안 가는 것도 아닌데 살짝 억울한 마음도 들었다. 사장님은 강사 배정했는데 어쩌냐고 언성을 높인다.

사정을 또 얘기하니 그건 고객님 사정이고 우리 사정을 생각해보라며 소리를 친다. 난 죄송하단 말만 계속했다.

렉카 아저씨는 아직 오지 않고 마음이 힘들다.

렉카 아저씨가 한참 후 오셨다. 구세주 같다.

렉카 앞좌석에 타고 한참을 이동했다.

힘들게 간 자동차 수리점은 가는 날이 장날인지 문이 굳게 닫혀 있었다.

렉카 아저씨가 다시 근처 다른 수리점으로 안내해 주셨다.

렉카 비용을 지불하고 렉카 아저씨는 가셨다. 수리센터 사장님을 드디어 만났다.

수리할 수 있게 되어 안도감이 느껴지고 행복해졌다.

타이어의 소중함을 뼈저리게 깨달았다.

항상 어떤 일이 생길지 모르니 일일이 다 못 챙길 수 있지만 큰 것은 꼭 미리 챙기자는 뼈아픈 교훈을 얻었다.

너도 소중한 존재

최근 영화나 드라마를 보면 환상속의 이야기보다 평범한 사람들의 이야기, 누구나 겪었을 법한 이야기 등이 사람들의 호응을 얻고 있다. 이유는 그 속에 자신의 존재 이유와 보편적인 사람 이야기, 가족이야기가 담겨 있기 때문이다. 꿈을 갖고 그 꿈을 이루기 위해 노력하다 좌절하는 이야기, 위로받고 위로하는 보통 사람들의 이야기이기에 사람들은 공감을 한다. 실수, 실패하는 부분이 평범한 우리의 모습과 너무나 닮아있어 공감할 수 있다.

태어난 지 얼마 되지 않은 아이들도 공감을 할 수 있는지 궁금해졌다. 아기들의 '공감' 능력에 대해 연구한 다큐멘터리를 보았다. 아기들은 엄마의 목소리나 표정을 통해서 엄마의 감정을 판단하고, 부모와의 교감, 인형과의 놀이, 형제자매와의 놀이 등을 통해 상대방의 감정을 공감하게 된다. 다른 사람의 목소리, 표정, 느낌으로 마음을 알아차리고 이해하며 상대의 감정을 느낀다.

'인간' 이라고 다 '인간' 이 아니다. '인간' 다운 사람이 진짜 '인간' 이다.

공감하는 능력이 없는 사람의 겉모습은 사람의 형태를 갖추고 있어도 '사람' 이라고 말하기 곤란하다. 인간다운 사람은 공감 능력, 다른 말로 입장을 바꾸어 생각할 수 있는 능력을 가진 존재이다.

너도 소중한 존재라고 할 때 '너' 에는 사람도 해당하지만, 동식물이나 물건도 해당한다.

얼마 전 2층으로 되어 있는 카페에 들렀다. 1, 2층을 둘러보니 손님으로 꽉 차 있어서 야외 테라스로 나왔다. 야외 구석진 곳의 의자 위에서 자고 있는 검정고양이를 발견했다. 그 고양이 주변에 손님이 없고 제일 조용해 보여 바로 옆 테이블에 앉았다.

손님들이 오지 않는 조용한 곳이라 생각하며 여유롭게 차향을 느끼며 한 모금 마셨다. 내가 앉아 있는 곳의 정면에는 커다란 나무와 하늘이 있었고, 측면에는 다른 집 옥상의 장독대, 빨랫줄 등이 보였다. 편안한 광경에 기분이 좋아진 나는 여기저기 사진을 막 찍어댔다. 5분 정도의 여유를 즐겼을까? 조용한 곳이라 생각했던 그곳은 수많은 손님들이 성지 순례하듯 거쳐 가는 번화한 곳이었다. 우리 테이블 옆에 있는 검정고양이에게 손님들이 와서 몇 분 이상을 쓰다듬거나 놀아주고 갔다.

어떤 이는 '어디 있는지 찾았잖아. 여기 있었네.' 라며 그 고양이를 들어 올리고 안아 주었다.

나는 '고양이구나, 귀엽네.'라는 짧은 감탄사로 그쳤는데, 나를 제외한 많은 손님들은 이 고양이를 보기 위해 찻집에 오는 사람인 양 고양이 주변을 서성거렸다.

'너 보러 왔어.'라며 검은 고양이를 쓰다듬고 안아 주는 이들이 나에겐 고요를 깨는 반갑지 않은 손님이었다. 주변 광경을 찬찬히 보며 생각하는 시간을 가지려 했는데, 고양이 덕분에 1, 2층에 있던 손님들이 한 번 이상 와서 고양이와 노는 모습을 봐야 했다.

검은 고양이의 반응은 어땠을까? 텔레비전에 보면 사람의 손길을 그리워하는 반려견, 반려묘들이 사람을 보면 좋아서 어쩔 줄 모르는 눈빛과 행동을 취한다. 내가 앉은 테이블 바로 옆 의자 위에 자고 있던 검정고양이도 텔레비전 속 그 아이들과 같은 마음이었을까?

아니다. 결코 좋아하는 눈빛과 표정이 아니었다. 내 곁에 있던 검은 고양이는 잠이 와 죽겠다는 표정을 짓고 사람들이 오면 시큰둥하게 눈을 억지로 10분의 1 정도로 뜬다.

잠에 취한 검은 고양이와 이들을 찾아오는 사람들의 상반된 표정을 보니 재미있기도 하고 고양이가 안쓰럽기도 했다. 이 아이를 찾아오는 사람들은 갓 태어난 신생아를 처음 보고 생명의 신비에 어쩔 줄 몰라 하는 그런 표정을 짓고 있다.

지금 이 순간 검은 고양이에게는 무엇이 필요할까? 관심과 애정일까? 한 시간 정도 지켜본 나는 검은 고양이의 입장에서 이리 생각하고 저리 생각해봐도 결론은 하나였다. 고양이에게 관심을 주고 쓰다듬어 주는 것보다는 잠자게 내버려 두는 게 더 필요해 보인다. 저 고양이에게 잠이란 필요를 넘어선 '시급' 한 일이다. 저 아이에게 지금 사람이란 존재는 귀찮은 존재이다. 끊임없이 곁에 와서 말 걸고 관심을 두는 이들은 고양이의 관심을 얻지 못해 풀이 죽어 보인다.

검은 고양이를 가만히 바라보는 게 그 고양이에게 필요한 사랑의 한 방법이거늘, 좋아하는 사람이 진심으로 원하는 게 뭔지 아는 것은 좋아한다는 감정이 앞서니 보이지 않나 보다. 나처럼 좀 떨어져서 전체적으로 살펴보니 고양이가 필요로 하는 부분이 보인다. 이처럼 어떤 일을 알기 위해서는 좀 떨어져 봐야 한다.

너도 소중한 존재, 나도 소중한 존재.

우리는 모두 소중한 존재로구나. 소중한 존재답게 대접을 받아야 할 이유가 있는 존재로구나.

매일 자기 자신을 소중하게 여기며 열심히 살아가는 사람들, 그들이 나에게는 스승이며 멘토이며 동료이다. 최선을 다해 자기 일을 하고 사랑하며 살아가는 그들은 아름답다.

아름다운 존재들이 있는 이 곳은 살만한 세상이다.

땀의 소중함을 소홀히 대하지 않는 사람들, 나의 땀방울만큼 다른 이의 땀방울의 의미를 소중하게 여기는 사람들이 많아지길 소망해본다.

당신 오늘 고생했어요

넌 충분히 아름다워.

넌 충분히 잘살고 있어.

매일 아침 여섯 시마다 눈을 뜨고 출근 준비를 한다. 출근해서 저녁에 퇴근할 동안 잠시도 쉴 틈 없이 바쁜 생활을 하고 있다. 5분의 자투리 시간이라도 생기면 책을 읽거나 블로그에 글을 조금씩 쓴다. 더 많은 시간이 주어지면 한 꼭지 분량의 글을 쓴다. 퇴근 후에는 자기 계발을 위해 뭔가를 배우거나 걷기와 같은 습관 만들기 활동을 한다. 올해는 ○○○ 2급 자격증을 따기 위해 보고서 작성, 토론, 중간, 기말고사와 같은 시험도 치고 있어서 바쁘게 지내고 있다. 주말 되면 가족, 친구들과 함께 시간을 보내고 있다. 식사, 여행, 놀이 등을 함께 하면서 정을 나눈다.

SNS나 책들을 보면 미라클 모닝이라고 해서 새벽 4시 30분이나 5시에 기상하고 매일 인증하는 사람들이 많아졌다. 그 시간에 일어나서 새벽 산책이나 조깅을 꾸준하게 하는 이도 있고, 매일 정해진 일정대로 독서나 글쓰기를 하는 이들도 있다. 나도 부지런한 편이라 생각했는데, 나보다 훨씬 더 부지런하고 열정적인 사람들이 많았다. 그들의 습관, 노력을 응원한다. 나의 신체 리듬은 6시에 맞춰 많은 일들이 이루어지고 있지만, 얼마 전 다섯 시 반에 일어나는 습관을 만들려고 노력 중이다. 미라클 모닝으로 변화하고 성장하는 자신을 위해 노력하는 사람들을 응원한다. 미라클 모닝을 꾸준히 하고 있는 사람들은 새벽 시간 고요히 혼자만의 시간에 몰입할 수 있다는 것에 큰 기쁨을 느낀다고 한다.

각자 나름의 방식대로 열심히 살아가고 있는 사람들
'고생했어요. 오늘 푹 쉬세요.'
'응원합니다.'
'지구상에 존재하는 사람들, 열심히 살아간다고 고생하셨습니다.'

영화 보기 위해 자주 간 영화관.

작년부터 이 년 동안 관객 없는 쓸쓸한 모습이라 안타까웠다. 예전에 이곳은 관객이 많아 주차할 곳이 없어 몇십 분을 기다리고 겨우 타워에 주차했던 곳인데 지금은 주차장이 텅 비어 있다. 그나마 다행인 것은 한두 달 전에는 지하 일 층조차 다 차지 않았으나 지금은 지하 이 층에도 띄엄띄엄 주차되어 있다. 영화관람객이 조금은 많아진 듯하다.

예전 번화가였던 이 건물의 식당, 카페가 토요일임에도 불구하고 문을 거의 다 닫았다. 이 년간 상인들의 삶이 어땠을지.

약간 우울한 기분으로 상영관을 올라가는데 직원분이 큰소리로 인사를 밝게 해주며 온도 체크, QR 체크인 등으로 입장을 돕는다. 그분의 밝은 기운 덕분에 나의 기분도 활기차게 되었다.

참 고마웠다. 질문에 친절하게 답변하는 직원 덕분에 미소가 지어졌다. 상황은 이래도 희망과 미소는 잊지 말자.

당신 오늘 고생 많았어요.

함께 하는 것

정년까지 근무를 하게 될까?

궁금증이 들었다. 아직 한참이나 남았지만, 교직에 언제까지 있을지 궁금하다.

할머니 선생님이 된 모습을 상상해 본다. 아직 머리속에 잘 그려지지 않는다. 상상 속 할머니 선생님이 된 나는 주름이 자글자글하다. 흰 머리가 70퍼센트 정도 덮고 있으며 뭔가 지쳐 보인다. 육체적으로 버거운가 보다. 교실에 들어가는 발걸음이 살짝 느리고 경쾌하지 않다. 정신적으로도 버겁다. 수업으로 만나는 학생들의 생각과 행동이 세대 차이 때문인지 이해가 잘 안 되지만, 너희들을 이해하고 있다는 눈빛으로 그들을 바라본다. 아이들을 이해하고, 함께하고 싶다는 생각에 예능 프로그램에 나오는 신조어 등을 사용하며 애써 무리한다. 수업 중 농담을 하는데 아이들이 웃어주어야 한다는 의무감으로 억지로 웃는 듯하다.

또래 할머니 샘들과 주 1회 모여 아이들의 사고를 이해하기 위한 회의를 한다. 회의가 진행될수록 작전회의가 아닌 한탄하는 내용으로 흘러간다.

이런 모습은 내가 원하는 모습이 아니다.

교직 초창기에는 교사이므로 학생들에게 뭔가를 가르치고 올바른 성장을 이끌어야 한다고만 생각했다. 시간이 점점 흘러가면서 그들과 내가 함께 성장해가고 있음을 느낀다.

학생들의 기말고사가 다가왔다. 시험 범위까지 진도는 다 나갔기에, 학생들에게 각 페이지를 정해주고 객관식 한 문제, 주관식 한 문제를 내게 했다. 각자 낸 문제를 반 친구들이 함께 풀어보는 활동을 했다. 그다음 한 시간이 남았길래 빙고 판에 학습 핵심 개념을 찾아 적고 그 단어 밑에 해설이나 뜻을 적게 했다. 본인 순서가 오면 개념 설명을 하고 정답을 외치며 빙고 게임을 했다. 남은 시간은 자율학습을 하라 했다.

자율학습하는 처음에는 공부해야겠다고 의욕적이던 아이들 중 몇 명이 시간이 지날수록 고개가 책상에 붙어갔다. 졸음이 견디기 힘든가 보다. 평소 수업을 하던 내가 오늘은 앞자리에 가만히 앉아있기만 하니 책을 읽어도 집중이 되지 않고 잠이 쏟아진다. 분명 아까 커피를 한 잔 마셨는데도, 카페인이 효력을 발휘하지 못하고 있다.

6월 말에 에어컨을 틀어 놓고 30명 정도 되는 학생들이 있는 교실에 창문을 닫고 가만히 앉아 있으니, 카페인이 나의 뇌에서 방향을 잃고 활동을 못하고 다른 어딘가에 머무르고 있는 것 같다.

도저히 집중이 안 된다. 눈이 감기려 한다. 뇌가 몽롱해지고 무아의 경지에 이르렀다. 게다가 냉방병인지 몸이 떨리기까지 한다.

가만히 앉아 책 읽기는 안 될 것 같아 글쓰기를 하려고 노트북을 열고 한글 문서를 열었다. 글을 쓰며 자습하고 있는 학생들을 보았다. 소음 방지용 이어폰을 끼고 말을 걸지 말아 달라는 표시를 내는 학생, 옆에서 잡담을 하려고 시도하는 친구에게 반응하지 않고 문제집을 푸는 학생, 문제집을 꺼내어 협력하며 문제를 풀려고 했으나 집중이 안 되는지 슬슬 잡담을 시작하려 하는 학생들, 수학 문제 한 문제를 놓고 30분간 멍하니 있는 학생, 어느 순간인지 모르게 엎드려있는 학생도 있다. 추운지 담요를 덮어쓰고 교과서에 줄을 그으며 공부하는 학생도 보인다.

이 아이들을 보고 있자니 지금 이 순간을 몇 년 후 기억이나 할까라는 생각이 들었다. 나의 학창 시절을 돌이켜보면 단편적인 기억, 누군가의 표정 등은 떠오르나 자습 시간이나 시험 기간의 기억은 잘 나지 않는다. 하지만 나에게 고등학교 시절을 떠올리면 공부가 재미있어진 시기였다. 자율학습이나 수업 전 짧은 시간에 소설, 에세이, 좋은 생각 같은 것을 읽었다. 5분에서 10분 정도 읽다 보면 글에 몰입하게 되고 다른 세상 속에 내가 존재하고 있는 듯 느껴졌다. 그 이후 해야 할 공부를 했다. 공부에 빠져들었다. 세상에 배울 것이 많고 느낄 것이 많다는 게 기쁘고 설렜다.

어쩌다 만난 사람들, 택시 기사님, 상인, 엘리베이터의 이웃 주민, 어떤 매개체로 몇 시간을 함께하는 사람들, 내가 만나는 학생들, 연수나 강의에서 만난 사람들과의 대화에서 드러난 그들의 삶에 대한 태도와 자세를 보고 배운다. 심지어 신문이나 SNS에 나오는 글 속 주체들의 삶의 자세뿐만 아니라 드라마나 다큐멘터리, 오락프로그램에서 보게 되는 열정적인 삶을 사는 이들에게서 큰 배움을 얻는다. 이 세상에 존재하는 그 어떤 것도 배움을 주지 않는 존재가 없다.

어느 순간 느꼈다. 매일 감사일기를 쓰고, 스스로에게 주는 위로와 선물을 건네고 있는데 가장 큰 선물은 바로 모든 존재들에게서 매일 뭔가를 배우는 것이다. 노자가 물의 성질에서 상선약수라는 깨달음을 얻었듯, 매일 느끼고 배울 수 있는 사물과 사람, 자연이 있다는 것이 행복하다.

특히 요즘엔 내가 기성세대가 되었음을 느끼고 알아차리게 되는 일들이 있다. 어떤 주제가 주어졌을 때 판에 박힌 답변만 떠오를 때가 바로 그런 때이다. 같은 주제를 학생들에게 주었을 때 다양하고 창의적인 답변을 하는 모습을 보고 놀란 적이 있다. 학생들에게 어려울 것 같은 과제를 제시해 주었을 때 머리를 맞대어 의논하더니 훌륭하게 해결할 뿐만 아니라 창의적인 답변이 나왔다.

학생들은 서로 함께하면서 배운다. 학생들을 통해 교사인 나도 배운다. 우리는 함께하면서 많은 부분에서 동반 성장한다.

직장의 동료, 내가 만나는 학생, 친구 등을 보며 느낀 점이 있다. 사람은 누구나 다 힘든 점은 있다는 것이다. 힘든 일의 종류나 강도는 다르겠지만 각자 심각하게 힘들어하고 스트레스받는 일은 있다. 그리고 누구나 힘들 때 위로와 위안을 바라고 쉬고 싶어 한다.

간혹 저 사람은 왜 저럴까? 왜 저런 말을 하고 상처 주는 것일까? 왜 저 사람은 타인에게 자신의 화를 다 퍼붓는 것일까? 란 의문이 드는 사람도 본다. 나는 착한 사람 신봉자이다. 이기적인 사람, 나쁜 사람, 못된 사람을 보면 긴장해서 미소가 나오지 않는다. 대부분의 사람들이 못된 사람을 안 좋아하고 착한 이를 좋아하겠지만 나는 그 정도가 아주 심각한 수준이다.

예전 대학교 때 나에게 호감을 보이던 남자분이 있었다. 그분을 지켜보니 착한 성품을 지녔다는 생각에 호감을 갖고 있었다. 그 남자분이 맛있는 점심을 사주겠다고 해서 함께 나갔다. 횡단보도 중간쯤에 한 할머니가 리어카를 힘겹게 끌고 가는 모습을 보고 안타까워 밀어주기 위해 달려가려고 했다. 그때 초록불이 빨간 불로 바뀌게 되었다. 빨간 불이지만 횡단보도 규칙을 어기고 뛰어가 할머니를 도와줄까 잠시 고민했다. 그 찰나 리어카의 짐을 묶었던 끈이 툭 끊어져 버렸다. 1초도 안 되는 순간 리어카 안에 있던 종이 박스, 종이 등이 바닥에 떨어지면서 흩어졌다.

힘든 사람이 있으면 돕는 것이 당연하다고 어릴 때부터 배워 왔고, 나의 가슴도 그렇게 하라고 지시했다. 저 상황은 빨간 불이지만 달려가서 할머니를 도와야 한다. 달려가려는데, 갑자기 그 남자분이 내 손목을 잡으며 말했다.

"다른 사람이 주워줄 테니 신경 쓰지 말고 식당 어디 갈지나 정합시다. 뭐 먹고 싶어요? 인도 음식? 레스토랑?"

"……."

순간 너무 놀라 아무 말이 나오지 않았다. 그분의 손을 뿌리치고 할머니에게 달려갔다. 마지못한 표정으로 그 남자분도 달려와 할머니를 돕기 시작했다.

그날부터 그 남자분의 연락이 와도 받지 않았다. 아니, 받을 수 없었다.

그 남자분은 둘의 만남이 계속 이어지지 못하고 내가 피하는 이유에 대해 계속 물어왔다. 하지만 할머니를 돕지 않았기 때문에 당신이랑 만날 수 없다는 진짜 이유는 말하지 않았다. 말한다고 해도 이해하지 못할 것 같았다.

나에게 스트레스는 왜 조금 더 상대를 배려하거나 이해하려고 하지 않는지 의문이 들 때 나타난다. 누군가가 힘들어하고 어려워하고 있을 때 내가 해줄 수 있는 부분이 있다면 그걸 해주는 게 당연하다고 생각했다. 하지만 모든 이의 생각이 같지 않았다. 조금만 도와주면 되는 데도 그냥 지나치거나 무관심하게 대하는 사람이 많다는 사실을 성인이 되어서야 알게 되었다.

처음에는 그분들 탓을 했다. 하지만 저분들은 도와줄 마음의 여유가 없어 상대의 어려움을 모른 척 하기도 한다는 사실을 알게 되었다. 나를 비롯하여 마음의 여유가 없는 사람들을 보면 측은지심이 생긴다. 여유 없는 생활과 마음, 신경 쓸 게 무척 많은 일상에서 주변을 둘러볼 마음의 여유를 얻지 못한 사람들이 무척 안쓰럽고 안타까웠다.

마음을 찬찬히 바라보는 여유가 필수적이다. 나의 마음을 들여다볼 여유가 있어야 주변 사람들의 마음을 들여다보고 '사랑'을 실천할 수 있다.

석가모니의 '자비', 예수의 '아가페'와 같은 단어의 뜻을 완전히 체득하긴 힘들지만, 사람을 사랑하라는 뜻을 되새기며 살아가야겠다.

이것저것 생각을 해본다.

후덥지근하지만 친한 사람을 만나 기쁜 마음으로 산책을 했다.

저수지를 지나 정자에 앉아 이런저런 얘길 나눴다.

함께하니 즐거운데 갑자기 비가 내렸다.

곧 그칠 비처럼 느껴져 정자 밑에서 이런저런 얘기를 나누었다.

시간이 한참 지나 비가 그쳤길래 정자에서 나와 몇 걸음 걸었는데 갑자기 비가 또 내리기 시작했다.

오늘처럼 내내 빗줄기를 맞는 경우는 오랜만이다.

항상 차를 타고 다니거나 우산이 있는 상태였는데, 오늘은 무방비 상태라 내내 비를 맞았다.

비 맞으면서도 왜 이리 기분이 좋은 것일까?

바로 내 마음이 즐겁고 편하기 때문이다.

빗방울로 머리와 옷이 젖는 데도 기분이 즐겁다.

모든 것은 마음먹기에 달렸다는 것은 인생의 진리인가 보다.

비 맞으면서도 즐거워한 나에게 고맙다.

5교시 수업에 들어갔더니 칠판에 어떤 그림이 그려져 있다.

익숙한 느낌이 들기에 대체 누굴 그린 것일까 궁금해하며 살펴보았다. 가만히 보니 딱 '나' 이다. 헤어 스타일, 안경, 귀걸이, 마스크 모두 나랑 닮았다.

주번이 지우려 했는데 학생들이 아깝다고 지우지 말라고 했단다. 샘이 보셔야 한다고.

나의 특징을 잘 잡아 그린 그림을 보고 기분이 좋았다.

칠판의 그림이 어떤 유명 화가의 비싼 작품보다 좋았다.

문득 시골에서 몇 년 살았던 어린 시절이 기억나면서, 한 분이 떠오른다.

그 여자분을 흔히 나이 든 어른을 부를 때 사용하는 '이모'나 '고모'라고 불러야 할지, 할머니라고 불러야 할지 모르겠으나, 어린 내가 볼 때는 할머니처럼 나이 들어 보였다. 나중에 알게 된 그분의 나이는 생각보다 어린 중년을 살짝 넘긴 나이였는데, 마음고생을 많이 한 탓인지 무척 늙어 보였다. 마을에 계신 어른들 말씀으로는 그녀는 혼자 살고 있으며 정신이 온전하지 않다고 했다. 젊은 시절에는 결혼도 하고 아이도 낳았다고 하는데, 무슨 이유인지 시집에서 쫓겨와 이곳에서 살게 되었다고 한다. 동네 사람들은 항상 뭔가를 중얼거리며 돌아다니는 그녀를 미친 사람으로 간주하였다.

마을 사람들은 그녀를 안타까워했다. 분명 무슨 큰일이 생겨 정신이 나갔을 거라 수군거렸다. 그러다 많은 시간이 흘렀고, 그녀는 마을의 일부분이 되었다.

어린 나를 보면 항상 해맑게 웃으며 "○○이 왔나? "라고 큰 소리로 외치며 안아주셨다. 매번 나를 볼 때마다 업어주려고 했다. 엄마는 혹시나 그분이 나를 업다가 떨어뜨릴까 걱정을 했지만, 그분은 막무가내로 나를 업어주었다.

나를 귀여워해 주고 무조건 사랑해주는 이 할머니가 좋으면서도 뭔가 이상한 사람이라는 생각에 두려웠다. 사람은 상대가 자기를 좋아하는지 아닌지를 직감적으로 알 수 있다. 어린 나도 그 할머니가 나를 좋아한다는 느낌이 들어 시골에 가게 되면 그녀를 눈으로 찾게 되었다.

시간이 흘러 초등학생 시절에도 내가 왔다는 소식이 들리면 저 멀리서 "○○이 왔나? "라고 외치며 뛰어오던 할머니의 모습이 떠오른다. 활짝 미소를 지으면서 나를 바라보던 할머니의 반가워하는 눈빛.

청소년이 되어 오랜만에 시골에 갔는데, 그분이 보이지 않았다. 아프신가 했는데 돌아가셨다고 한다. 유년 시절 따뜻하고 무조건적 애정을 주셨던 그분을 이제는 보지 못한다는 생각에 슬펐다. 그분의 미소가 그립다.

시간이 지난 지금 그분을 떠올려보면 결혼하기 전 평범한 사람이었던 사람이 결혼 이후 어떤 힘든 일을 겪었는지 자신의 모습을 잃어버린 점이 안타까웠다. 그녀는 누구보다 친구와 가족, 그 누군가의 도움이 필요한 존재였다. 그녀 곁에 진심으로 그녀를 생각해주는 이가 단 한 명이라도 있었더라면 그녀는 외로운 삶을 살지 않았을 것인데, 안타깝고 슬프다.

지금의 내가 그 시절의 그녀를 다시 만나게 된다면 반드시 하고 싶은 일이 있다. 그녀의 앙상한 몸을 꼭 안아주고 등을 토닥여 주고 싶다. 그녀가 따뜻한 미소를 어린 나에게 보내주었듯이 나도 그녀에게 환하고 따뜻한 미소를 보내주고 싶다.

우연히 단체톡방에 공유된 어떤 카페에 대한 글을 보고 마음이 울컥했다. 우리나라의 치매 노인들이 '기억다방(기억을 지키는 다양한 방법)'의 직원으로 일하고 있었다.

'기억다방'은 경도인지장애 또는 경증 치매 진단을 받은 어르신이 바리스타로 참여하도록 서울시에서 운영하는 사업이다. 푸드트럭으로 운영되다가 2021년 ○○○구 치매안심센터와 ○○구 치매안심센터 2곳에 고정형 카페로 변경해 운영을 시작했다. 치매안심센터 검진이나 상담을 받으러 온 고객이 무료 쿠폰을 받아 이용할 수 있다고 한다.

함께 살아가는 따뜻한 카페 이야기를 들어 보니 내 마음도 따뜻해진다. 사랑, 배려, 공감, 친절, 도움과 같은 단어가 떠오르는 이야기를 듣게 되면 마음이 따뜻해진다.

후포리 벽화마을이라 하면 '백년손님', '자기야 백년손님', '후포리 남서방' 이라는 단어가 떠오른다. 후포리 남서방이라는 애칭이 더 익숙한 '국민 사위' 남재현 님과 후포리 장인 장모님의 이야기가 무척 정겨웠다. 덕분에 후포리에만 오면 마음이 편안하고 좋다.

'자기야 백년손님' 후포리 삼인방 중 '넘버원 할머니' 최복례 여사가 몇 년 전 별세했다.

넘버투, 쓰리 할머니 제발 건강하게 오래 사시길 기원합니다.

우리 곁에 함께 존재해주세요.

세 분이 함께 하며 보여준 구수함과 정겨움이 그립습니다.

따뜻함을 준 할머니와 남 서방님 감사합니다.

우리 곁에 함께 해주셔서 감사합니다.

우리는 낭만적인 존재

동백꽃이라는 디퓨저를 하나 구입했는데 며칠 후 시향 샘플과 함께 받았다. 조향사분은 긴 편지글도 함께 보내셨는데, 그 중 인상적인 문구가 있었다.

"좋은 향기는 좋은 기억을 남기고, 좋은 일들을 데려오는 것 같아요."

자기 하는 일에 이렇게 진심인 사람을 만나는 것은 참 기분 좋은 일이다. 좋은 향기가 좋은 일들을 데려올 것만 같은 오늘이다.

물건을 주문하고 받는 행위는 일상적이라 새삼스러운 일도 아니고 신선한 일도 아니지만, 본인이 판매하는 물건에 대한 자부심과 사랑이 느껴질 때는 이야기가 달라진다. 받는 이나 주는 이 모두에게 설레고 신선한 일이 되는 것이다.

'내가 할 수 있는 가장 큰 모험은 바로 내가 꿈꿔오던 삶을 사는 것' 이라는 오프라 윈프리의 말이 아니라도 꿈을 꾸고, 꿈꾸던 삶을 매일매일 조금씩 살아가는 것이 내겐 짜릿한 모험이다. 꿈꾸는 사람은 낭만적인 존재라고 할 수 있지 않을까?

어느 연극 연출자가 한 말이 기억난다.

회사에 들어가 월급 받는 생활도 해봤지만, 본인이 하고 싶은 연출자로서 살아가면서 자유로움을 느끼고 행복을 느낀다고 했다. 회사원으로서의 삶도 나름 좋고, 장점이 있었지만, 꿈꾸는 일을 한다는 것, 그 자체에서 자유로움을 느낀다고 하였다. 연극 연출가가 되어 원하는 공연을 내 방식으로 연출할 수 있다는 것에서 쾌감을 느낀다고 했는데, 꿈과 자유를 체험하는 이분이야말로 낭만적인 것 같다.

연출자로서의 삶이 낭만만 가득한 존재는 아니다. 시나리오 해석, 무대 설치, 소품 설정, 배우들의 동선, 배우들과의 조화 모두를 신경 써야 한다. 그리고 여러 스텝들과 연기자에 대한 신뢰가 무엇보다 중요하다. 실력이 조금 부족할 수도 있지만, 연출자가 믿어주었을 때 그 믿음이 연극 무대에서의 공연을 통해 나타난다고 했다.

조화라는 것은 실력만으로 이루어지는 것은 아니다. 믿음이라는 울타리 안에서 서로가 서로를 받아들이고 노력할 때 뛰어나지 않더라도 함께 아름다운 모습을 연출할 수 있다.

언제까지 계속되는 단점, 불행, 슬픔, 좌절이란 없다. 또한 잠시도 쉬지 않고 일평생 지속되는 스트레스도 없다. 하지만 하나 확실한 것은 사람들은 각자 나름의 방식으로 스트레스를 풀 수 있다.

스트레스가 생겼을 때 어떤 방식으로 극복하는가? 나의 경우에는 미술관에 가서 그림을 감상하거나 미술 관련 책의 그림을 보며 위안을 얻는다. 예를 들면 빈센트 반 고흐의 '밤의 카페 테라스' 그림을 보며 그림 속 따뜻한 노란색의 빛이 내 마음을 어루만져주는 느낌을 받았고, 그림 속 밤하늘의 반짝이는 별도 정답게 빛나고 있는 듯한 느낌을 받았다. 그림을 보며 뇌가 쉬는 느낌, 여유로움이라는 것이 내 마음에 충전되었다.

요즘 미술은 음악과 여러 전자도구와 융합된 작품이 많다. 전시관을 들어가자마자 웅장한 음악이 흐르고 음악에 맞는 다양한 빛들이 사방을 비춘다. 사면의 벽뿐만 아니라 천장, 바닥까지 온 공간을 빛과 그림이 가득 메우는 느낌이다. 다양한 빛이 다 메우지 못하는 1mm의 빈 공간은 음악이 대신 채우고 있다.

작품 속 인물이 살아 움직이면서 내게 말을 거는 것 같다. 다채로움과 생동감이 느껴진다.

봄 여름 가을 겨울은 그 나름대로 뭘 해도 좋은 계절이다. 저자가 이 글을 쓰고 있는 계절은 가을인데, 가을 또한 뭘 해도 좋은 계절이다. 여유를 만들어서 훌쩍 여행을 다녀오고 싶은 생각이 든다.

내가 사랑하는 미술, 여행, 공연의 공통점은 나를 쉬어가게 하고 뇌를 쉬어가게 하며 행복을 준다는 것이다. 그리고 낭만적이다.

'낭만' 의 사전적 의미는 현실에 매이지 않고 감상적이고 이상적으로 사물을 대하는 태도나 심리, 또는 그런 분위기를 말한다. 그런 의미라면 미술, 여행, 공연 관람은 낭만적이라고 할 수 있다. 우리는 그림 한 점을 대하거나 여행을 통해 사물과 장소를 대할 때 낭만적, 감상적이 된다. 충동, 열정과 같은 자유로운 마음이 표출되기도 하고 낭만을 동경하며, 호기심을 갖는다.

낭만이란 단어를 떠올리면 복숭아 빛, 분홍색 등 빛깔이 떠오르고 온화하고 부드러운 느낌이 든다. 러브스토리의 감미롭고 감성적인 마음이 색색의 풍선에 가득 담겨 하늘을 떠다니는 듯한 느낌이 든다. 인생은 낭만적이다. 스트레스를 풀 때조차도 낭만적일 수 있다.

제5장
내게 주는 선물

행복은 빈도이다

행복을 자주 느끼자. 행복은 강도가 아니라 빈도이다.

오늘 아침만 해도 행복을 여러 차례 느꼈다. 1, 2분이면 지나가는 도로를 4-5번의 신호대기 끝에 겨우 지나가며 행복을 느꼈다. 짜증 나는 게 당연한 일인데 행복을 느꼈다니 이상한가? 신호대기가 길다 보니 차 안에서 복식 호흡을 했다. 그다음 라디오에 심취해서 DJ가 한 말을 천천히 음미해 보았다. 신호대기 중 조각낸 빵을 한 개씩 입에 넣고 천천히 씹어 먹었다. 빵과 함께 준비해간 과일 차도 마셨다. 신호대기 중인 차들로 꽉 차서 차들은 움직이지 않지만 나는 그 안에서 여유로웠다. 시간이 더 걸려도 학교에 지각할 정도는 아니기에 여유로운 마음을 가질 수 있었다. 마음이 여유로워지니 앞 유리창으로 보이는 큰 하늘에 시선이 갔다. 흰색과 하늘색과 파란색으로 수십 가지

색을 만들어 놓은 듯한 멋진 하늘이었다. 게다가 차 옆으로는 지방자치단체에서 심어 놓은 작은 노란 꽃 덤불이 화사하게 보였다. 음악과 음식, 멋진 풍경이 있으니 어찌 행복하지 않을 수가 있을까?

차 안에서 다른 차 안에 있는 사람들을 살짝 관찰하는 여유까지 생겼다. 운전하는 사람들의 표정과 그들이 갖고 있는 마음이 뭘까 상상했다. 심지어 트럭의 뒷부분 짐을 한가득 실은 것을 보면, 갑자기 즐거운 상상을 했다. 저 안에 뭐가 들었을까 생각하다가 모험을 즐기는 톰 소여나 허클베리 핀과 같은 사람이 잠깐의 이동 수단으로 저 트럭을 선택해 천막 안에 숨어있을 거란 상상을 했다. 어떤 모험을 하는 걸까 생각해보았다. 지구에 대해 알아 오라는 명령을 따르기 위해 지구에 처음 온 다른 행성 사람이 지구를 알아가는 모험을 하고 있다는 생각을 했다.

정체 중일 때 상상에 빠져있다가 차를 이동해야 해서 운전하기 시작하니 생각의 흐름이 끊어졌다. 다행이다. 나이 들어서 어린아이처럼 외계행성 생각을 하다니! 피식 웃음이 나왔다. 'ET' 나 '고스터 바스터즈', '백 투 더 퓨처' 같은 영화를 너무 많이 봤나 보다. 어릴 때 본 영화가 뇌리에 이렇게 오래 남아있었다니 신기하다.

상상하고 있을 때는 그 트럭의 옆 차선에 있었는데, 상상을 마무리할 때 쯤 내 차가 그 트럭 옆을 지나가게 되었다. 나도 모르게 짐칸 천막의 틈 사이로 짐칸에 뭐가 있는지 확인했다. 이불이었다. 외계인이 아니라는 사실에 약간 실망을 했지만 즐거운 마음으로 출근했다.

차 안에서만 35분에서 40분 있어야 도착하는 학교를 오늘은 1시간이 넘게 걸려 도착했다. 시간은 많이 걸렸지만 짜증이 나기는 커녕 즐겁고 기분이 좋았다. 아침부터 외계 행성 상상으로 많은 행복을 느끼며 학교에 도착했다. 동료 선생님이 미리 원두커피를 내려 놓으셨다. 한 모금 마시고 학급으로 향했다.

즐거운 생각으로 가득 찬 이 순간 나는 행복의 빈도도 자주, 강도도 강하게 느낀다. 행복하다.

각종 SNS에 가입해서 사람들과 소통하려 할 때 아이디를 정한다. 이때 본인과 관련 있는 것을 아이디로 정하는 경우가 많다. 아이디를 정할 때 나를 행복하게 해주는 용어를 선택하기로 했다. 아이디를 부를 때마다 말의 힘을 느끼며 스스로 추진력을 얻고, 마음을 위로할 수 있기를 바랐다.

예를 들어, 내가 작가라는 꿈을 실현하겠다고 마음먹은 후 지은 아이디는 'happy writer' 이다. 하지만 이 단어를 쓰는 이가 있다고 아이디 설정이 안 되길래 중간에 'smile' 을 넣어 'happysmilewriter' 로 지었다. 문법에는 안 맞을지라도 읽을 때마다 기분이 좋아진다. 제일 바라는 점이 행복과 미소가 가득한 작가가 되고 싶은 것이니, 그 열망을 아이디에 드러냈다. 'happysmile' 작가!

'happysmilewriter' 처럼 소망이 드러난 아이디가 있는가 하면, 아무 생각 없이 누군가가 '러셀' 이 어때라고 추천해주어서 아이디로 정한 적이 있다.

의미 없이 사용하다 갑자기 러셀이라는 단어나 인물을 어디선가 들어 본 것 같아서 검색해보았다. 러셀[Russell]은 스키에서 사용하는 용어이다. 러셀은 눈이 깊이 쌓였을 때 선두가 스키나 눈신 등을 신고 밟아서 눈을 굳게 다져 뒤따르는 사람의 행진을 쉽게 하는 것을 의미한다. 러셀은 눈의 깊이에 따라서 대원들이 상호 교대로 함으로써 육체적 부담을 분담해야 한다.

처음에 아무 의미 없이 사용했던 러셀이라는 아이디의 뜻을 알고, 그 의미에 나를 끼워 맞춰 보았다. 내가 신고 밟아 눈을 굳게 다지는 역할을 하는 것, 내가 하는 작가나 교사라는 일을 통해 함께 잘 살아가는 것, 바로 그것이 행복이고 내가 태어난 이유가 아닐까? 어릴 때는 나라는 존재가 앞장서서 힘들어하는 사람을 직접적으로 도와주거나 위로해주어야 한다고 생각했다. 하지만 꼭 위로나 직접적인 도움이 아니더라도 가만히 옆에만 있어도 위안을 주는 경우도 있음을 경험했다. 상대의 존재만으로도 큰 위로를 받고 힘을 얻을 수 있다. 그런 존재가 되고 싶다.

타인과 어우러져 함께 잘 살아가는 삶을 소망하는 아이디는 내게 행복을 준다.

'happysmilewriter', '러셀' 다음으로 정한 나의 아이디는 '나 마중'이다. '나 마중'이란 나의 마음, 모습을 진실하게 마주하고 소중하게 받아들이는 중이란 뜻이다. 또는 '내 마음을 마중 가다'란 뜻으로 나를 소중한 존재로 받아들이고 항상 마중 가는 일상을 표현하는 아이디이다.

마크 트웨인은 오늘 하루가 당신의 인생에서 가장 아름다운 날이 될 수 있도록 기회를 주라고 했다.

오늘 러셀[Russell]과 같은 존재가 되어 가장 아름다운 날을 살아가자. 내일도, 모레도, 글피도 매일매일 그날이 가장 아름다운 날이 되도록 나 자신에게 기회를 주어야겠다.

기회를 자주 얻을 수 있다는 사실이 행복하다.

매번 기쁨과 행복을 얻을 수 있다는 사실이 설렌다.

아름다운 날을 자주 맞이할 수 있다는 사실이 눈부시게 감사하다.

배우기

배우는 것은 내가 스스로에게 줄 수 있는 선물이다. 최근 세 가지를 배웠다.

첫 번째로 내가 잘 모르는 온라인 세계에 관한 강의를 들었다. 강사님이 설명하는 걸 듣는 순간 눈이 번쩍 뜨였다.

'아! 저걸로 학급 문집을 만들면 되겠구나!'

그런 생각이 들자 즐거운 마음으로 수업에 임하게 되었다.

매번 일 년이 지날 때쯤 제자들과의 추억을 책으로 남기면 어떨까란 생각을 했다. 문집은 시간과 노력이 많이 들 것 같아서 시도를 못하고 간단한 추억 영상을 만들어서 공유했다. 시간이 지나 영상 파일이 어디 있는지 찾지 못하는 경우도 있었고, 간혹 두세 개 정도는 제자가 유튜브에 올려서 볼 수 있었다.

그때 함께했던 아이들이 그리울 때 유튜브를 검색해서 들어가 보면 젊었던 시절의 나와 해맑게 웃던 아이들이 있었다. 그 시절이 그립고 아이들이 그립다. 그 아이들이 스스로에게 의미 있고 행복한 길을 살아가길 소망한다.

연말 생기부 관련해서 할 일이 많아 바쁠 때 1년을 마무리 하는 문집을 만든다는 건 참 부담스러운 일이다. 게다가 어떻게 해야 할지 방법을 모르기도 해서 지금까지 문집을 낼 생각을 하지 못했다. 아니, 시도를 하지 못했다. 하지만 오늘 연수에서 학생 각자가 몇 페이지씩 맡아서 자신의 이야기를 쓰고 모아서 책으로 인쇄를 하면 되겠다고 생각했다. 내가 편집을 모두 해주지는 못하지만 각자 만들어서 시간이 지나도 볼 수 있는 책이 나온다고 생각하니 설렌다.

기록으로 남는다는 것 그것이 책이란 형태이든 영상, 사진, 음성의 형식이든 어떤 형태로든지 필요한 일인 것 같다. 누구 한 명이라도 그때 그 순간이 그리워질 때 펼쳐서 보고 그 순간을 떠올린다면 나는 그들의 삶 속에서 살아가고 있는 것이다.

'배워서 나주자, 배워서 남주자.'

끊임없이 배워야 하는 이유이다.

스스로에게 주는 선물로 두 번째 배운 것은 '악기'였다. 여유로운 방학이 시작되었으나 쉬지 않고 5일 동안 대면 연수를 듣고 있다. 초등학교 저학년 때 피아노 학원 몇 달 다녀본 게 전부이지만 평소 음악에는 관심이 많았다. 이번 연수도 '크로마하프'라 해서 무슨 악기인지, 어떤 소리가 날지 호기심이 들어 신청했다. 1주일 정도의 연수 기간으로 인해 다른 일을 미뤄야 했지만 새로운 악기를 만져보고 음악 흉내를 낼 수 있다는 게 행복하다. 바쁜 학기를 보낸 나에게 주는 선물은 바로 '악기 배우기' 이다.

오전 열심히 크로마하프를 배우고 점심 먹은 후 바로 옆 카페에 혼자 왔다. 진한 커피를 마시며 휴대폰으로 블로그에 댓글도 달고 몇 줄의 글까지 적으니 행복할 수밖에 없다. 열심히 악기 배우고 있는 나에게 덤으로 주는 선물은 바로 혼자만의 시간과 따뜻한 커피 한잔이다.

세 번째 선물은 오랜 친구들과의 모임을 가는 것이다. 대화에서 배운다. 말을 통해 성장한다. 대화의 주제는 건강, 교육, 성장, 음식, 정치, 옷, 가족, 남편, 가방, 연예인, 사회문제, 다이어트 등 끝없이 이어졌다. 받아들일 부분은 받아들이고 비판할 부분은 비판의 시선으로 바라본다. 서로 대화하며 도와줄 부분은 도와주고 해결책을 찾기도 한다.

주고받은 선물로 가득 차는 매일매일이 기대되고 설렌다.
선물은 받는 것과 주는 것, 모두 감사하고 행복한 일이다.
스스로에게 선물을 주고받으니 이 얼마나 행복한 일인가?

케이블카 근처에 해양 레포츠센터라는 곳이 있다는 정보를 보고 급히 연락해 스킨 스쿠버 다이빙 체험을 예약했다.

강사님의 자세한 설명을 듣다 보니 조금씩 공포스러워진다. 코에 물이 들어갈 때, 입에 물이 들어갈 때, 귀가 아플 때 이퀄라이징해야 하는 것을 배웠다. 수신호로 '나는 괜찮다.', '올라갈래요', '이상 있어요', '머리 아파요' 등도 배웠다.

먼저 의상 한 벌 받아들고 순서대로 오리발, 스노쿨링 장비, 슈즈를 받아 갔다. 아까 장비를 들고 탈의실로 이동하는 것, 의상을 착용하는 것에 대해 분명 설명을 들었다. 의상을 거꾸로 입지 말란 말까지 들었는데, 입고 나오다 거울에 크게 적혀있는 문구가 눈에 띄었다.

"지퍼 부분이 뒷부분입니다."란 글귀를 보고 화들짝 놀랐다.

그 문구를 보고 나를 바라보니 뒷부분에 있어야 할 지퍼가 앞쪽에 있었다.

잘못 입은 것이다. 다시 낑낑거리며 옷을 갈아입고 나왔다.

얕은 수중에서 오리 발차기 연습, 입으로 숨쉬기 연습을 했다. 수영 못하는 난 살짝 두려움과 공포를 느꼈다. 강사님의 섬세한 지도 덕분에 물 안에 내려갔다 올라오는 것을 성공했다.

아, 힘들다!

난 산소통을 들고 바닥에 계속 가라앉았다. 수영장의 바닥에 배가 닿아 올라갈 생각을 하지 않는다. 보다 못한 강사님이 내 등 쪽에 뭔가를 달아주니 그제서야 수월하게 올라갔다.

체험을 마치고 나니, 그제서야 두려운 마음은 사라지고 즐겁다는 생각이 들었다.

배우는 것은 참 즐겁구나. 배우느라 용썼다. 잘했어. 토닥토닥.

미루기

나는 어른인가? 어떻게 사는 것이 진정한 어른일까?

어른이란 나이나 지위나 항렬이 높은 윗사람을 말하기도 하지만, 다 자란 사람, 또는 다 자라서 자기 일에 책임을 질 수 있는 사람이라고 사전에 나와 있다.

남들이 볼 땐 나도 나이가 많기 때문에 어른으로 느껴질 것이다. 어른이라 하면 남들이 기대하는 정형화된 어떤 모습이 존재한다. 어른이란 용어가 확립된 자아를 가지고, 자유의지에 의해 행동하며 자기 일에 책임지는 인간을 뜻한다면 과연 내가 어른이란 이름으로 불릴 수 있을지 의문이다.

남들이 기대하는 '어른'의 모습으로 보이거나 살기 위해 행동하는 나를 발견하고 깜짝 놀라기도 한다. 동시에 이것이 진짜 내가 원하는 모습일까? 물어본다.

의문을 갖는 순간 내가 원하는 나의 모습은 무엇인지 끝없는 생각에 빠지게 된다. 의문을 갖는 그 자체가 난 아직 어른이 될 수 없다는 의미 같다. 만약 하기 싫은 걸 억지로 인내하며 해야 하는 게 어른이라면 영원히 어른이 되고 싶지 않다.

시험 문제를 출제하느라 초긴장 상태로 며칠 동안 계속 늦은 시간에 노트북을 켰다. 한두 줄의 문제를 만들기 위해 이것저것 신경 써야 할 것이 많다. 퇴근 후나 주말 시간 동안 문제를 출제하며 시간을 보낸다.

하기 싫어도 해야 하는 게 어른이라면 오늘은 어른이기를 잠시만 접고 영화 한 편 보고 새벽에 자야겠다. 내일 학교에서 힘들지라도 지금 하고 싶은 걸 해야겠다.

오늘 나를 위로하는 제일 첫 번째 글은 '오늘 할 일을 접는다.'이다.

두 번째는 '영화에 심취하며 행복해한다.'이다.

내일 일은 걱정하지 말자. 이 순간은 어른이 아니므로, 내일 아침 눈을 뜨면 내 일에 책임지는 '어른' 으로 돌아가겠지만, 지금은 잠시 한숨 쉬고 가자.

비가 온다.

잔잔하게 내리는 비도 좋지만 바람을 동반한 세찬 비도 좋다.

갈등하고 고민하는 문제가 세찬 비와 바람과 함께 솟아오르는 듯한 느낌이다. 그래서인가. 모든 날씨를 좋아하지만, 특히 비바람이 몰아치는 날씨를 좋아한다.

세찬 비바람이 치는 날에는 비탈진 언덕에 서서 모든 소리와 모든 바람을 다 맞고 있는 상상을 한다.

나뭇잎은 애처로이 나뭇가지에 매달려 있다. 강인하게 나뭇잎과 뿌리를 지키려는 나무의 강인함과 나무를 흔들어버리고 말겠다는 강한 집념을 가진 바람이 서로 부딪치는 공간에 나는 서 있다.

한참의 시간이 지난 후, 어느 순간 두 아이는 조화로움을 찾는다. 세찬 바람이 조용한 바람으로 바뀔 때쯤 평화가 찾아온다.

바람은 매섭거나 차갑지 않고 시원해지기 시작하고, 비도 안정적으로 내린다. 나무들은 서로의 무거워진 물방울을 어루만져 떨어뜨리게 하고, 가벼워진 잎들은 서로를 바라보는 여유를 찾는다.

세찬 비바람의 흔들림도 좋아하지만, 평온을 찾아가는 일련의 과정이 감동스럽다. 감동을 넘어서 눈물까지 난다.

하기 힘든 일이 있을 때 나를 토닥거리는 방법 중 하나가 잠시 미루고 즐거운 일을 하는 것이다. 오늘은 자연을 가만히 응시하고 상상하는 유쾌한 일을 했다. 해야만 하는 일이지만 하기 힘들 때 잠시 쉬었더니 이제서야 할 일이 떠오른다. 빨리 끝내야 하는데, 생각은 이제 그만.

감사하기

나의 성장 과정에서 나를 지지해 준 분을 떠올려보면 당연히 엄마와 아빠가 떠오른다. 이 세상에서 당신의 딸이 제일 잘난 줄 아는 우리 부모님, 딸이 뭔가에 힘들어하면 상대나 제도가 잘못된 것이라고 하며 무조건 딸 편이 되어주는 부모님이다.

내 이야기를 조금만 들어줘도 마음이 풀릴 일인데, 엄마는 나보다 더 흥분해서 나를 힘들게 한 상대에 대해 화를 내니 나의 화는 이내 가라앉을 수밖에 없다. 엄마는 며칠 내내 상대가 잘못을 인정했는지 묻는다. 딸을 힘들게 한 상대에게 며칠 내내 화를 표출한다. 정작 당사자인 나는 엄마에게 말하고 난 후 그 사건을 잊거나 기억 저편에 묻어 두었는데, 엄마는 잊지 못하고 있었다. 엄마는 무조건 내 편이다.

아빠도 묵묵하게 나를 지지해주었다. 중요한 시험을 치기 위해 새벽에 긴장하며 시험장소로 갔다. 차에서 내리자마자 새똥이 내 머리에 떨어졌다. 아빠는 그것이 시험 잘 볼 것이란 징조라고 말했다. 피식 웃음이 나왔다. 또 다른 시험 치는 날 누군가가 돌아가셨는지 상을 치르는 집을 발견했다. 아빠는 운이 좋을 거란 징조이니 오늘 걱정하지 말고 시험 잘 치라고 했다. 믿거나 말거나 아빠가 좋은 징조라고 한 말은 긴장해있던 나를 안심시켰다.

아빠는 학창 시절 엄마 몰래 용돈을 자주 주셨다. 대학생 때 큰돈을 자주 받은 일이 기억나는 것을 보면 아빠는 엄마 몰래 비자금을 많이 갖고 있었다. 엄마는 내게 아빠가 분명히 비자금을 어디에 숨겨놓았는데 그 장소를 모르겠다며 자주 찾아다녔다. 아빠는 딸과 비밀의 용돈 수여를 위해 엄마 눈을 피해 미지의 장소에 비자금을 잘 숨겨놓았다. 첫 직장에서 월급 받는 날까지 아빠와 나의 용돈 비밀 접선은 자주 이루어졌다.

항상 나를 믿어주고 아껴주는 소중한 나의 부모님. 내 곁에서 오로지 나의 편이 되어주는 소중한 사람들에게 보답해야겠다. 감사한 마음을 표현하고 그들의 편이 되어주어야겠다.

문득 떠오르는 기억 하나가 있다.

다섯 살이나 여섯 살 때 쯤 일이었다. 그날도 나는 동네 친구들과 놀기 위해 엄마에게 허락을 받고 나갔다. 여느 때처럼 시간 가는 줄 모르고 놀고 있었다.

1~2시간 정도 지난 후, 엄마는 아직 돌아오지 않는 내가 궁금해서 나랑 자주 놀던 친구 한 명에게 "○○이 어디 갔노? "라고 물었다.

"아줌마, ○○이 아까 물에 있었는데, 물에 빠져서 떠내려갔어요."

“뭐라고? ”

“아까 물에 빠져 떠내려가고 댐에 신발 하나만 있는 것 봤어요.”

깜짝 놀란 엄마는 비명을 지르듯 내 이름을 외치며 달렸다. 동네 사람들은 무슨 일인지 내 친구에게 확인하고 다 함께 나를 찾으러 다녔다. 엄마가 정신을 잃기 직전이라 동네 사람들 몇 분이 엄마를 데리고 급하게 택시를 탔다. 그 친구가 나를 봤다는 댐 근처에 가서 물가를 따라 뛰어다니며 나를 찾아다녔다. 딸이 물에 빠졌다고 하니까 택시 기사분이 동네 사람들과 함께 나를 찾아다녔다.

우리 엄마는 그때 제정신이 아니었다고 한다. 정신 잃은 사람처럼 나를 찾는 데 혈안이 되어 있었다. 그때는 너무 놀라서 다른 가족에게 알릴 생각조차 못했다고 한다. 떠내려가는 나를 잡아서 구해내야 한다고만 생각했다.

우리 엄마가 동네 사람들과 같이 뛰어다니며 나를 찾는데, 나중에 소식을 들은 동네 사람이 달려와 외쳤다.

“미진이 아까 누구누구랑 같이 놀고 있던데.”

“오 분 전까지 ㅇㅇ에 있는 것 봤다. ○○ 엄마 정신 차리고 ㅇㅇ에 가자.”

그 말을 들은 운전기사는 엄마에게 얼른 택시에 타라고 하시며 ㅇㅇ으로 이동해주셨다.

엄마는 놀란 가슴을 아주 조금 진정시키고 ㅇㅇ에 도착했다. 그곳에서 나는 친구들과 웃으면서 너무나 밝은 표정으로 놀고 있었다. 그 순간 엄마는 두 다리에 힘이 풀려 주저앉았다. 그때 나는 고무줄놀이를 하며 평소대로 놀고 있었다.

난 항상 자주 놀던 그 장소에 있었을 뿐인데, 엄마랑 동네 사람들의 놀란 표정을 보며 어린 나도 심각성을 느꼈다. 무슨 일인지 물어볼 생각조차 못했다.

저녁에 소식을 전해 들은 아빠에게 물가에서 조심해야 할 일, 교통안전 등에 대해 꽤 오랫동안 훈계를 들어야 했다.

한참 지난 지금 내가 물에 빠졌다고 엄마에게 전한 그 친구에게 묻고 싶다.

왜 그런 말을 했냐고. 그 친구가 누군지도 기억도 안 나는 지금은 영원히 궁금증이 풀리지 않을 사건이다. 자녀 걱정으로 한 평생을 걱정하고 또 걱정하며 지낸 우리 부모님. 그리고 세상 모든 부모님. 너무 고생하셨습니다. 감사합니다. 당신들 덕분에 이렇게 잘 살아오고 잘 지낼 수 있었습니다.

사랑합니다. 감사합니다,

나를 지지해주는 마음이 따뜻하다 못해 뜨거웠던 부모님 자리를 지금은 남편이 대신해주고 있다. 내가 하는 대부분의 일을 응원해주고 잘한다고 칭찬한다. 내가 본인의 아내라서 그리고 평생 함께할 친구라서 너무 기쁘고 행복하다고 자주 표현한다. 아이들 교육 문제라든가 직장에서의 여러 가지 이유로 의기소침해 있거나 힘들어할 때 내 눈빛만 보고도 금방 알아채고 묻는다. 내가 얘기를 시작하면 남편은 척척 알아듣고 무조건 내 편을 들어준다. 무한 내 편인 사람을 만난 느낌이라 든든하다. 이야기하다 보면 마음의 안정을 느낀다.

남편 앞에서는 봇물 터지듯이 그날 기분 나빴던 일과 속상한 마음을 솔직하게 얘기하기 시작한다. 남편은 맞장구도 쳐주고 상대가 이해 안 된다고 비난도 하면서 내 얘기를 들어주었다. 10분이든 한 시간이든 남편은 나의 얘기를 정성껏 들어준다. 남편에게 얘기하다 보면 그 일이 심각한 일이 아니라는 것, 나도 실수나 잘못한 부분이 있다는 것을 스스로 느끼게 된다. 그러다 보면 어느 순간 속상하거나 화난 것이 사라졌거나 작게 느껴졌다.

남편을 통헤 느낀다. 우리에겐 객관적으로 상황을 짚어주고 정리해주는 타인의 존재도 필요하다. 하지만, 지지해주면서도 자신의 잘못이나 실수를 스스로 알아차리게 하는 존재도 필요하다.

이 글을 쓰면서 나를 돌아보고 반성해 본다. 남편이 나에게 든든한 대화 상대가 되어주고 내 편이 되어 주었듯 나도 남편을 따뜻한 미소와 눈빛으로 지지해주고 온전히 그의 편이 되어 주었는지 반성해본다. 남편에게도 '편' 이 필요했는데, 조언자랍시고 이것저것 그를 책망하고 마음 아프게 한 것은 아닌지 반성해본다.

내 곁에서 오로지 나의 편이 되어주는 소중한 사람들에게 보답으로 "당신, 잘하고 있어요. 걱정하지 마요"라며 그들을 토닥거려 주어야겠다. 서서히 생겨나는 상처나 곪아 터진 상처 때문에 그들이 아파할 때 내가 그들의 편이 되어주어야겠다.

"내가 도와줄게."라고 말하며 그들의 마음을 읽어줘야겠다. 감사한 마음을 표현해야 겠다.

대형 마트에 갔다. 크게 살 것은 없었지만 근처 볼 일이 있어 간 김에 이것저것 살까 싶어 마트에서 어슬렁거렸다. 야채 코너에서 샐러드를 살까, 과일을 살까 고르는 중 뭔가 소란스러운 소리가 들렸다. 온갖 욕이 나오길래 호기심을 참지 못하고 소리가 나는 곳을 쳐다봤다.

처음에는 부부, 가족 또는 친구가 서로 싸우는 줄 알았다. 싸우는 현장엔 경찰관 2명이 있었고, 한 아저씨가 경찰을 향해서 욕을 하고 있었다.

한 경찰관은 아저씨가 욕하는 장면을 휴대폰으로 찍고 있었고, 아저씨는 아랑곳하지 않고 계속 경찰관에게 욕을 하고 있었다. 이유를 들어보니 마스크를 제대로 쓰지 않고 턱 마스크 한 채로 마트를 돌아다녀서 누군가가 신고를 했고, 경찰이 와서 주의를 주는 중이었다. 아저씨는 계속 마스크를 내린 채 욕을 수십 번 한다.

경찰관 한 분이 "마지막 경고입니다. 그만하십시오."라니 아저씨는 경찰관을 따라가면서 계속 욕을 한다.

급하게 계산을 하고 나오니 밖에서도 같은 상황이 계속 이어졌다. 아저씨는 경찰관을 향해 계속 욕하고 있고, 지친 표정의 경찰관은 경찰차에 탔다. 그분들이 타자마자 내가 "고생이 많으세요. 이것 좀 드세요."라며 마트에서 산 빵 한 봉지를 드렸다.

"괜찮습니다."

"간식으로 드세요."

고맙다며 받으셨다.

차를 타고 가는 경찰을 보며 안타까운 마음이 들었다.

경찰들은 내내 신고된 민원 처리, 사건 사고를 접수하고 처리한다. 물론 그분들의 직업이긴 하지만, 고된 일임에는 틀림없다.

경찰분들 생각하니 마음이 무겁고 숙연해진다.

부디 기운을 잃지 않길 기원한다.

항상 감사하는 마음으로 바라보는 사람들이 더 많음을 기억해주길 바란다.

함께하기

꿈과 같은 이야기로 2002년 여름, 한국 축구 이야기가 지금도 가끔 나온다. 대한민국이 하나가 되었다고 표현해도 과하지 않은 한 해였다. 그때는 선수를 비롯한 전 국민이 열정 하나로 똘똘 뭉쳤다. 새벽에 몇 차례 봤던 경기를 보고 또 봐도 피곤하지 않았다. 다음 날 만난 사람들과 지난 밤의 열기를 이어가 기쁜 마음으로 경기에 대해 이야기를 나누었다.

지금 돌아보니 참 신기한 경험이었다.

한국전이 있는 날에는 아파트 전체가 지진 난 듯 위아래, 좌우로 흔들리고, 학교를 비롯한 대한민국 전 지역이 응원과 환호성으로 난리였다.

대한민국팀이 한 골 넣었을 때는 그 기쁨이 본인의 공간을 넘어서 공동의 영역으로 확장되었다. 누군가가 발코니 창문을 열고 "대~한민국"을 외치자 아파트 주민들이 전부 화답하며 창문을 열고 리듬에 맞춰 박수를 쳤다.

"짝짝짝짝짝."

기쁨에 겨운 아이들과 주민들은 집을 벗어나 아파트 놀이터나 공터로 내려와 오늘의 경기에 대해 얘기를 나눈다.

축구장, 야구장, 체육관, 컨벤션센터, 식당이나 술집 등에 큰 스크린이 설치되고, 함께 축구를 관람하며 응원했다. 한 골 넣었을 때는 옆에서 함께 응원하던 가족, 동료뿐만 아니라 모르는 사람과도 손을 잡거나 안으며 기쁨을 함께 나누었다.

이때였다. 당시 힘들었던 내 마음이 위로받고 치유받았던 때가. 고통은 잊혀지고 안도감과 기쁨으로 가득 차게 되었다.

첫 직장생활을 시작한 나는 정신없고 바쁜 날들을 보내고 있었다. 발령받고 처음으로 간 중학교에는 신규교사로 나를 포함한 다른 한 명이 있었다. 그 신규 선생님은 옆 반 담임 선생님이었다. 부푼 기대감을 안고 시작한 첫 교직생활은 화장실 갈 시간도 없을 정도로 바빴고, 예상과는 많이 다른 아이들의 태도에 정신적으로 힘들었다. 남학생들과 화장실 청소를 지도하는데, 아이들이 하기 싫다며 도망가려고 하거나 왜 해야 하는지 모르겠다며 투덜거리는 소리를 들으면서 매일 청소를 시켜야 했다.

신규로 이 학교에 같이 오게 된 그 선생님과 학교생활 힘들다고 투덜거릴 시간조차 없었다. 우리는 서로 마주 보고 말 한마디도 못 할 정도로 정신없는 시간을 보냈다.

이런 게 내가 꿈꾸던 교직인가 싶어 허탈감과 허무함이 들려고 할 때마다 항상 학급에 일이 생기고 정신없이 그 일을 해결해 나가야 했다. 다른 생각이 비집고 들어올 수 없었다.

생각할 틈이나 쉴 새 없이 다방면의 일을 급하게 배우고 해내야 했다. 주변 선생님들은 사람 봐가며 아이들이 말하고 행동하니 무조건 무섭게 하라고 조언해주셨다. 하지만 그때는 어떻게 하는 것이 무섭게 하는 것인지 조차 생각할 틈이 없었다.

나와 같이 신규로 발령받았던 옆 반 담임 선생님은 한 달여 만에 어렵게 들어온 학교를 그만두었다. 휴직이 아니라 사직을 했다. 임용고사를 치고 무수한 경쟁에서 합격한 공립학교 교사라는 직업을 완전히 그만둔 것이다. 큰 충격을 받았다. 당시 나는 수업, 업무, 학생과의 관계에서 지쳐있던 상태였다. 동료 교사들은 바쁜 일이 많은 신학기라 신규 선생님에게 신경 쓰거나 가르쳐 줄 겨를이 없었고, 나는 혼자 남겨진 듯 외롭고 힘들었다.

힘들었지만 옆 반 신규 샘도 얼마나 힘들까 생각하며 스스로를 다독였다. 하지만 그분이 그만두자 신규교사는 나 혼자만 남아있게 되었고, 힘든 마음을 나눌 사람이 없어 우울한 기분을 더 느꼈다. 지금이라면 상담 센터라도 찾아갔을 텐데 그때는 혼자 감내해야 한다고 생각했다. 버스를 타고 내려 아파트 단지 안에 있는 학교로 걸어가는 길이 족쇄처럼 답답하게 느껴졌고, 오늘은 또 어떤 버거운 일이 있을까 걱정되었다.

심각하게 외로웠다. 세상에 혼자 던져진 것 같은 느낌이 들었다. 그러다 동학년 샘들의 마음을 알게 되었다. 그들도 힘들었던 것이다. 그들은 신규를 토닥여 줄 마음의 여유가 없었을 뿐이지 따뜻한 마음이 없었던 것은 아니라는 것을 알고, 마음을 차차 열고 의지하기 시작했다. 그들과 함께 퇴근 후 시간을 함께 보냈고 월드컵 경기도 함께 보러 갔다. 내기를 하고 함께 응원 티셔츠나 응원 용품을 맞추었다. 외로움과 쓸쓸함, 따뜻함과 동료애 등의 여러 감정이 복합적으로 든 한 해를 보내고 나는 더 단단해졌다.

스스로도 단단한 마음을 갖게 되었지만, 동료들과 함께 하며 마음이 더 탄탄해졌다. 우리는 누군가의 따뜻한 말 한마디, 눈빛 하나로도 큰 힘을 얻고 위로를 받 는다. 따뜻한 이야기는 듣는 그 자체만으로도 행복하다.

오늘 행복을 만끽하게 해준 '달콤 창고'를 알게 되어 기뻤는데, 그에 대한 뉴스를 찾아보다 힘이 빠졌다. 보관함 대여 비용, 일부 이용자들의 비양심적인 행동 때문에 달콤 창고가 줄어들고 있다 한다.

강남역과 잠실역 등에서 다음 달 물품 보관소 대여료를 십시일반으로 모으던 저금통, 간식이 도난당하는 일이 생겼다. 그걸로도 모자랐는지 보관함을 반납하고 보증금을 빼가는 일까지 있었다고 한다.

분노가 치밀어 오르는 일이다. 얼마나 생계가 힘들었으면 그런 돈을 가져갔을까 하는 안타까운 마음도 들면서, 동시에 '그래도 그렇지', '어떻게 그런 돈을'이란 생각이 들면서 화가 났다.

따뜻한 이야기는 듣기만 해도 기분 좋고 행복해진다.

함께 누군가를 돕고 응원하는 따뜻한 마음이 점점 더 커져 가면 좋겠다. 따뜻한 말 한마디, 함께 하는 마음이 누군가에게는 살아가는 힘이 되기도 한다.

'함께 따뜻해지자.'

행복 선택하기

오늘도 설렌다.

오늘도 감사하다.

살아서 존재하는 그 자체의 경이로움

정성을 다하여 매일매일 살아가는 뿌듯함

평생을 서로 사랑하며 살아가는 가족들의 존재

출근할 직장이 있다는 것, 조화롭게 살아가며 정을 나눌 학생과 동료가 있다는 것

서로 소통하고 교류하는 교실 내의 흐름과 분위기

잘하지는 못하지만 좋아하는 일을 틈틈이 할 수 있는 여유

좋아하는 것을 향한 열정적인 마음

이 모든 것을 매일 매일 만끽할 수 있어서 고맙고 설렌다.

근무하는 직장의 주변에 나무와 꽃이 존재한다는 것, 자연의 아름다움과 계절을 볼 수 있는 장소가 있다는 것, 직장 생활을 할 수 있다는 것, 책과 영화 등 나만의 시간을 가질 수 있다는 것, 이 모든 것이 감사하고 행복하다.

나는 오늘도 행복하기로 선택한다.

환경은 어쩔 수 없는 것이지만 선택은 내가 할 수 있다.

나는 오늘도 감사와 행복을 선택한다.

감사하게 되니 행복이 저절로 따라온다.

주말에 이 층 일본 가옥을 리모델링한 카페에 갔다. 에어컨이 강력하게 나오길 기대했건만 그야말로 후덥지근하고 찝찝한 상태다. 에어컨 전달이 잘 되지 않는다.

일층에서 이층으로 올라가는 계단 아래에 신발이 가득 놓여져 있다. 벽에 붙은 글을 읽어보니 신발을 벗은 후 슬리퍼를 신고 올라가야 한다. 귀찮았지만 신발을 벗고 올라갔다. 계단이 생각보다 가팔라서 올라가기 힘들겠다 생각한 순간 휘청거렸다. 넘어질 뻔했다.

긴 원피스를 입고 있었는데 너무 길어서 계속 치마가 발에 밟혔던 것이다. 그 치마 덕분에 카페 계단을 청소했다. 긴 치마로 계단을 쓸어가면서 서서히 청소해주었다.

처음 올라간다고 한 번, 화장실 간다고 내려오면서 또 한 번, 올라가면서 세 번째, 음료 완성되었다는 소리에 내려갔다 올라가며 네, 다섯 번째, 마지막으로 내려온다고 청소를 했다.

나의 긴 치마 덕분에 깨끗한 계단이 되었네. 청소해서 기분이 좋다라고 생각하자. 행복을 선택하자.

다리 8개의 무척추동물인 곰벌레는 체내 수분이 빠지면 모든 대사 활동을 멈추는 '탈수 가사' 에 들어간다. 가사란 거의 죽은 것처럼 보이지만 죽지는 않은 상태를 말한다. 탈수 가사 상태로 인해 극저온이나 진공 상태의 우주 공간, 방사선에 노출되어도 견딜 수 있는 것이다. 이후 물이 다시 공급되면 곰벌레는 원래 상태로 돌아간다.

'지구 최강 생물' 로 불리는 게 어색하지 않다.

인간은 견디지 못하는 극한 상황에 곰벌레는 묵묵히 견디는 법이 본능적 구조에 의해 체득화되었다니. 저 작은 아이가 살아가기 위해, 살아남기 위해 신체 구조 조차 도와준 게 아닐까?

가슴이 뭉클했다.

사람들도 각자 자기만의 방식으로 살아남기 위해 최선을 다한다. 경제적인 것만 말하는 것은 아니다. 친구관계, 가족, 직장생활 등등 부딪히는 사람들과 여러 방식으로 관계를 맺는다. 이때 본인이 가지고 있는 감정과 이성을 이용해 과거의 경험으로 미래를 추측해 최선의 관계를 맺게 된다.

각자 다양한 방식으로 살아가는 모습이 제 각각 감동적이다.

산다는 건 감동이다.

진정 아끼고 위로하기

잃어버렸다.

건망증이 심한 내가 잊지 않기 위해 기록하던 작은 수첩을

잃어버렸다.

퇴근 후 지친 머리카락을 다부지게 묶어주던 머리 끈을

잃어버렸다.

매끄럽게 잘 써져서 은밀한 일기를 기분 좋게 쓰게 해주던 펜을

잃어버렸다.

직장생활을 처음 하면서 스스로에게 선물한 금목걸이를

잃어버렸다.
텔레비전을 보는데 반드시 필요한 리모컨을

잃어버렸다.
노트북에 작업하는 데 필요한 무선 마우스를

잃어버렸다.
무엇을?

작은 메모지 하나를 잃어버려도 메모지가 떠오른 이상 찾기 위해 애쓴다.
찾고 또 찾는다.

그런데 나는 그 무엇보다 소중한 존재인 '나'를 잃어버릴 때가 있다. 어떤 때는 잃어버린 줄, 잊어버린 줄도 모르고 살아간다.

잃어버린 것을 찾을 수 있다면 찾고, 찾을 수 없다면 잃어버린 것에 집착을 버려라.

잃어버린 이후 새롭게 변화한 나로 살아가자.
요즘 내게 위로와 위안을 주는 것들은 무엇이 있을까?

따뜻한 그림책의 매력에 빠졌다. 그림책을 보면 마음이 치유받는 듯하다. 감성과 사랑이 샘솟는 그림책을 많이 만나면서 그림과 어우러진 짧은 글이 얼마나 큰 힘을 주는지 느꼈다.

십 분 정도 시간을 할애해서 본 그림책의 그림과 내용이 하루를 마법처럼 보내게도 했다. 어떤 연수를 받던 중 '이웃집 토토로'라는 만화 영화를 잠깐 봤는데, 그 영상의 아름다움과 상상력에 큰 행복을 느꼈다.

나의 굳은 뇌로는 생각하거나 상상하지 못했던 신기하고 귀여운 장면 하나하나에 기분이 좋아지고 행복해졌다.

요즘 내게 위안을 주는 것들은 무척 많다. 좋아하는 음식을 만들어 먹는 것도 그 중 하나이다. 낙곱새 전골에 매운 고추가루를 팍팍 넣어서 먹었더니 스트레스가 확 날아갔다. 맛있는 음식을 먹고 마음 맞는 사람과 대화를 하거나, 하고 싶은 일을 하면 내 마음은 위안을 얻는다. 독서, 배움, 글쓰기, 영화나 예술관람, 여행, 음악 듣기, 걷기, 전통시장 투어, 쇼핑 등을 하며 스스로를 위로하고 있다. 좋아하는 일을 하며 안정과 평온함을 느꼈다. 하루를 열심히 산 나에게 매일 수고했다 외쳐준다. 감사일기를 쓰면서 행복을 찾는다.

장자는 진정한 자유와 평등의 경지에 오른 이상적 인간을 일컬어 성인, 지인, 진인, 천인, 신인이라고 하였다. 성인은 인격과 식견이 뛰어나고 덕망이 높은 인물을 말하고, 지인은 사람의 됨됨이를 잘 알아본다는 인간이고, 진인은 참된 도를 깨닫고 진실하고 정직한 사람을 말한다. 천인은 도가 있는 사람을 말하고, 신인은 신과 같이 신령하고 숭고한 사람을 말한다.

장자가 말한 진정한 자유와 평등의 경지까지는 아니라도 내 마음의 자유는 느끼며 살고 있다.

살면서 마음을 흐리게, 파도처럼 일렁이게 하는 일은 무수히 많다. 앞으로도 살아 있는 한 지치고 힘든 일을 많이 겪게 될 것이다. 타인이나 사회에 의한 것이든, 나 스스로에 의한 것이든 하루에도 여러 번 힘들 때가 있을 것이다.

앞으로 외적인 것에 내면이 흔들리지 않게 마음을 단단하고 아름답게 만들어야 한다. 고생하고 수고한 나 자신을 어루만져주고 위로해야 한다. 튼튼하고 촘촘한 마음의 근육을 만들어서 '나다운 나' 로 힘차게 살아가야 한다.

"나다운 나."

"아름다운 삶을 살아갈 나."

설렌다. 앞으로 살아갈 많은 날들이.

어떤 형태로든지

외롭고 지치고 힘들고 어려운 일은

다가온다.

슬기로운 위로 생활

슬기로운 마음 다짐 생활

슬기로운 토닥 시간

슬기로운 힐링 시간

각자 가져야 된다.

도움이 필요하면

도움을 요청해야 한다.

혼자 끙끙거릴 일이면 혼자 머리를 싸매고 고민해 보고,

다른 이가 도울 수 있는 건 함께 해야 한다.

스스로 빛나는 존재는 없다.

나는 누군가를, 또 다른 누군가를 비추고 있다.

누군가는 나를, 또 다른 누군가도 나를 비추고 있다.

우리는 누군가가 비춰주는 조명에 의해

무대에 올려지고

자신만의 삶을 살아간다.

우리는 서로를 비추고 있다.

지금까지 나를 향한 빛을 스스로 비추고 있다고 생각했었는데, 숨죽이며 마음의 소리를 들어보니, 나는 누군가에 의해 빛나고 있었다.

"그 빛을 바탕으로 나는 내 길을 걸어갈 수 있었구나."

에필로그

외롭고 지친 현대인은 자기를 잘 모를 뿐만 아니라 자신의 가치와 수고로움을 잘 알아차리지 못하는 사람이 많다.

나를 진심으로 아끼고 소중하게 여길 때 행복이라는 궁극적인 목적을 향해 나아갈 수 있다. 스스로를 토닥이고 수고했다고 말할 수 있길 바란다.

지친 내 안에 있는 자신의 모습을 알아채지 못하는 이, 노력하는 자신에게 만족하지 못하고 끊임없이 채찍질만 하는 사람이 많다. 그들에게 '괜찮다' 고 속삭여주어야 한다.

열정적으로 노력하며 끊임없이 성장하는 나를 알아채는 것을 우선순위에 두어야 한다. 후회 없는 삶을 위해 간절히 원하지만 외부에 의해 억눌러진 것, 내면에서 꿈틀대고 있는 것을 과감하게 꺼내야 한다. 내적인 목표의 달성을 위해 노력하는 자신에게 토닥토닥, 수고했다고 말할 수 있어야 한다.

열심히 하는 내 모습을 칭찬해주고, 내적인 목표의 달성을 위해 노력하는 자신에게 '토닥토닥', '수고했다' 라고 외쳐줘야 한다. 멋진 하루 감사하고 멋지게 산 나에게도 고맙다고, 수고했다고 스스로 외쳐야 한다.

먼저 나를 사랑하고 나를 보살피자.

내면에 귀를 기울이자. 나의 꿈틀거리는 내면을 따뜻한 눈으로 바라보자. 부드러운 시선과 온화한 표정으로 나를 바라보자.

지나가는 바람에도 흔들리는 나는 살아있다.

문득 바라본 창문 밖 세상의 풍경에 마음 한구석이 흔들리는 나는 살아있다.

스쳐 지나가듯 하는 말 한마디, 우연히 본 글귀 하나에도 흔들리는 나는 살아있다.

힘들다는 건 살아있다는 것이다.

추워서 몸을 떨고 있는 사람이 있다면 모자나 장갑 하나 벗어주고 싶은 마음이 드는 건 살아있다는 것이다.

따뜻한 마음이 서로 오고 가는 우리는 살아있다.

힘든 이에게 손 내밀고, 누군가가 힘들 때 내민 손을 함께 잡고 걸어가는 우리는 살아있다.

살아있다는 것은 감사한 일이다.

살아있다는 것은 행복한 일이다.

나는 오늘도 감사와 행복을 선택하고, 내일도 선택할 것이다.

살아있으므로 매 순간 나는 감사와 행복을 선택할 것이다.

나는 살아있다.

나는 생생히 살아있다.

나는 꿈틀거리고 있다.

나는 온전히 나로 살아가는 중이다. 나는 살아있다.

삶에서 느끼는 기쁨과 따뜻함 등의 감정에 더욱 주의를 기울이게 만들어 더 행복한 삶을 살아가게 한 '긍정적 감정', 어떤 활동을 할 때 시간 가는 줄 모르며 그 일에 빠져드는 '몰입', 기쁨과 슬픔 등 소중한 사람과 추억을 나누는 '관계', 좋아서 어떤 목표를 선택하고 이뤄내는 성공 경험인 '성취'가 지금의 나를 이루어왔다. 성공 자체도 중요한 일이지만 나에게 의미 있는 목표의 실현을 위해 노력하는 '과정'에서도 충분히 행복을 느낄 수 있는 것이다.

나는 살아있다.

기쁘고 벅찬 일뿐만 아니라 힘든 일, 지친 일도 겪으며 살아있다.

열심히 살아온 나에게 괜찮다고 속삭여주자.

수고했다고 격려해주자.

최선을 다한 나, 잠시 쉬어도 된다고 다독여주자.

괜찮다는 속삭임
수고했어, 오늘도

초판 1쇄 발행 | 2022년 3월 21일

지은이 | 김미진
펴낸이 | 김지연
펴낸곳 | 마음세상

주 소 | 경기도 파주시 한빛로 70 515-501

신고번호 | 제406-2011-000024호
신고일자 | 2011년 3월 7일

ISBN | 979-11-5636-474-0 (03810)

원고투고 | maumsesang2@nate.com

* 값 13,400원

* 마음세상은 삶의 감동을 이끌어내는 진솔한 책을 발간하고 있습니다. 참신한 원고가 준비되셨다면 망설이지 마시고 연락주세요.